A. Samad Said • Feuer über dem Fluß

A. Samad Said
Feuer über dem Fluß

* * * * *

* * *

*

Aus dem Malaiischen
von Renate und Hansheinrich Lödel

HORLEMANN

Die Deutsche Bibliothek – CIP-Einheitsaufnahme
Abdul Samad Said:
Feuer über dem Fluss : Roman aus Malaysia / A. Samad Said.
Aus dem Malaiischen von Renate und Hansheinrich Lödel. –
Unkel / Rhein ; Bad Honnef : Horlemann, 1994
ISBN 3-89502-007-9

Die Übersetzung folgte der Ausgabe
»Sungai Mengalir Lesu« bei
Dewan Bahasa dan Pustaka,
Kementerian Pendidikan Malaysia.
Kuala Lumpur 1992.

Die Übersetzung wurde unterstützt von
Dewan Bahasa dan Pustaka,
Language und Literature Agency, Malaisya.

Buchgestaltung: Michael Adrian
Gedruckt in Deutschland

Horlemann-Verlag
Unkel/Rhein und Bad Honnef

Feuer über dem Fluß

1

Am Morgen gab es noch immer Sprühregen. Das schwärzliche Wasser des Flusses wirbelte durch das Prasseln des Regens im Kreise. Der obenauf schwimmende Unrat und Abfall, hauptsächlich verdorbenes Gemüse, das sich mit den Überresten von Holzbohlen vermengte, bewegte sich kaum. Das Wasser stand sehr hoch, und die den drei Bohlen zunächst liegenden Treppenstufen waren alle überflutet. Nur einen verrotteten Teerbehälter sah man treiben, und nicht weit davon bemerkte man eine Ratte, die sich unablässig mühte, auf diesen hinaufzuklettern.

Weit flußaufwärts zeigte sich die grüne Eisenbrücke so kantig wie gewöhnlich. Auf dieser bewegten sich Leute, Autos, Fahrräder und Rinderkarren, alle so gemächlich, als ob sie aneinandergereiht wären. Hin und wieder rannten zwei, drei Kinder darüber, hüpften und sprangen, während sie in den trägen Fluß hinabblickten. Und manchmal blieb auch ein Wagen, der mit einem Holzvergaser hinten angetrieben wurde und mit fürchterlichem Lärm fuhr, einfach stehen. Bei einem solchen Schaden stieg der Fahrer aus und drehte an einem Hebel, um den durch den prasselnden Regen abgekühlten Vergaserkessel wieder aufzuheizen.

In solch einer trostlosen Situation kam Dalim heraus, um Sukon zu suchen. Seine große Schwester Tuminah schimpfte mit ihm, er solle bei derartigem Regen nicht zum Fluß gehen. Tuminah verschwand auf dem Abtritt, und Dalim schlich sich aus ihrer Kammer. Er wußte, wenn er sich nicht schleunigst davonmachte, würde Tuminah mit ihrer dünnen, aber schrillen Stimme nach ihm rufen. Dann konnte er nicht nach seinem Kameraden suchen, und etwas Eßbares im Fluß würde er auch nicht auftreiben.

Der erst elfjährige Dalim lief vorsichtig hinter das Wrack einer Barke und zwei kleinen treibenden Balken. Wie üblich trug er kein Hemd, sein magerer Körper sah runzelig aus, und das große Muttermal seitlich an seinem Hals ließ ihn noch kleiner erscheinen. Seine Haare fielen nach vorn und bewirkten, daß er sie ab und zu zur Seite schob, damit er Ausschau halten konnte.

Als er Sukon nicht neben der Barke fand und ihn vorher auch nicht hinter dem Hühnerstall entdeckt hatte, geriet Dalim sichtlich in ziemliche Unruhe. Er heftete seinen Blick auf das verdorbene Gemüse und danach auf die Ratte, die weiterhin kratzend sich mühte, auf das langsam dahintreibende Teerfäßchen hinaufzugelangen. Dalim lachte freudig auf, blickte zum Himmel, riß den Mund auf und schluckte die Regentropfen.

Dann beugte er sich lächelnd nieder; die Haare fielen ihm wiederum über die Augen und ließen ihn plötzlich zornig werden, dann schob er sie erneut beiseite. »Suu – koon!« schrie er.

Er wartete ziemlich lange, ob etwa eine Stimme ihm antwortete. Wenn Sukon nicht da war, würde vielleicht Sakinah herauskommen oder möglicherweise Menon oder auch Sai Yong. Oder wenn sich eben niemand heraustraute, würde vielleicht Baharum, der das Wasser liebte, aus seinem Haus herausspazieren. Dalim wartete und wischte sich die Augen, in die Wasser geraten war, dann reckte er vorsätzlich den Kopf wieder hoch, öffnete den Mund und trank das Regenwasser. »Suuu – kooon!« brüllte er noch lauter.

Der Morgen war tatsächlich sehr frisch. Wenn niemand aufstehen wollte, so hatte das wohl seine Gründe. Die ganze Nacht lang hatte der Regen nicht aufgehört. Der Donner hatte gerollt, und das Dorf, in dem alle nur darauf warteten, daß etwas einstürzte, sah ganz trübselig aus, wenn die funkelnden und zuckenden Blitze es erhellten. Kein Mensch wollte in einer solchen Nacht hinaus, und am frühen Morgen, an dem noch Sprühregen niederging, zeigte sich auch niemand dazu bereit. »Suuu – kooon!« schrie Dalim noch dringlicher und vergaß, daß sich Tuminah auf der Suche nach ihm befand.

Tuminah vernahm die Stimme ihres kleinen Bruders draußen, fernab am Fluß. Sie hatte ihm schon geboten, er solle sich bei Regen nicht hinauswagen. Hinter der Tür hatte sie eine Rotangerte stehen, obwohl sie schon zu morsch war. Dalim vergaß leicht die Rotanrute, dachte Tuminah, als sie aus dem Waschraum trat. Sie zog ihr Brusttuch zurecht, fuhr sich mit der Hand durch die ungeordnet herabhängenden Haare und zog sie dann alle auf eine Seite des Nackens. Auf diese Weise sah die vierundzwanzigjährige Witwe sehr jugendlich aus, mit ihrem kleinen Gesicht, den dichten Wimpern, zu denen sich schmale Lippen gesellten, die sich gewissermaßen spöttisch schürzten, was sie zu einer der hübschesten Frauen in dem schmutzigen Kampung machte.

Tuminah suchte nach einem alten Tuch und entdeckte es unter der Ruhebank, zwischen einer Menge schäbiger Büchsen und Drahtrollen. Das grüne Tuch wäre zerrissen, wenn man heftig daran gezogen hätte, aber Tuminah sah darüber nicht im geringsten verzagt aus. Sie legte es sich um die Schultern und verbarg die sich um ihren ziemlich langen Hals ringelnden Haare. Einen Teil des Tuchs wand sie nach oben und schlang ihn sich über den Kopf als Regenschutz. Sie trat mit einer Verwünschung auf den Lippen heraus. »Daaa – liiim!«

Dalim schwamm bereits auf die zappelnde Ratte zu und erschrak, als er das Zetergeschrei seiner Schwester hörte. Er tauchte unter und ließ kreiselnde Wirbel des schwärzlichen Wassers zurück, aber rasch erschien sein Kopf wieder, mit weit aufgerissenem Mund, um Atem zu holen. Seine Haare fielen ihm über die Augen, und er schob sie unverweilt zur Seite, wobei er erregt sondierte, aus welcher Richtung die Stimme kam, die wiederholt seinen Namen rief. Er sah, wie Tuminah heraustrat und einen Knüppel aufraffte, der an einem Hühnerstall lehnte. Dieser Knüppel würde wohl auf seinem Rücken oder seinen Schenkeln tanzen, dachte Dalim. Er tauchte wieder, verschwand einige Sekunden und kam dann genau ein, zwei Fuß entfernt von der immer heftiger zappelnden Ratte hoch. Lachend verfolgte Dalim das Tier und versuchte, es zu fangen. Der Teerbehälter trieb weiter weg, und die Ratte folgte ihm taumelnd. Einmal untertauchend, einmal hochkommend wich sie Dalims flinken Händen aus. Er beobachtete sie, verlor aber die Lust, das womöglich schon besinnungslose oder gar tote Tier zu greifen. Er drückte das Teerfäßchen unter Wasser, bevor er auf zwei dahintreibende Balken zuschwamm. Auf einen kletterte er hinauf und streckte sich darauf aus, während er den Mund weit öffnete, um den herabrieselnden Regen darin aufzufangen. Lachend versuchte er, die Tröpfchen des noch immer fallenden Sprühregens zu schlucken.

Unruhig schaute sich Tuminah um, dann erblickte sie einen auf einem Balken herumkletternden Jungen. Ihr Herz schlug schneller. »Daaa – liiim!« schrie sie. Der herumturnende Junge hielt plötzlich inne und sah sich nach der durchdringenden, zornig klingenden Stimme um. Er hüpfte wieder auf und ab und deutete hinauf zum Himmel, dann sprang er herunter und schwamm auf die grüne Brücke zu. »Daaaa – liiim! He, Daaaa –

liiim! Willst wohl umkommen, wie?« Der Junge schwamm unbeirrt weiter.

Ein alter Inder, der einen großen Korb auf dem Kopf trug, blieb stehen und sah von der Brücke aus Dalim schwimmen. Der alte Mann lächelte, dann ging er weiter. Hinter ihm rollte ein mit einem völlig abgemagerten Rind bespannter Karren. Eine hinter diesem gehende Chinesin blieb gleichfalls stehen und schaute nach Dalim, der noch immer in dem trägen Fluß umherschwamm. Auf einmal schrie die Frau erschrocken auf: »Da hat sich einer aufgehängt!«

In dieser Woche hatten schon zwei Menschen ihr Leben an der Brücke verloren. Fünf Tage zuvor hatte sich ein noch in den Zwanzigern stehender Chinese erhängt, der nur eine blaue Hose trug. Einige behaupteten, er habe aus enttäuschter Liebe gehandelt, aber noch mehr Leute sagten, er habe sich umgebracht, weil seine Eltern nicht wiedergekommen seien, nachdem die japanischen Soldaten sie verschleppt hatten. Und dann hatte sich ein alter Inder die Schlinge um den Hals gelegt, vollständig angezogen mit einem Kain und einer gelben Jacke. Niemand kannte ihn, niemand vergoß eine Träne bei dem Anblick, wie er an den Straßenrand gelegt wurde, bevor man ihn mit Papier und einem schäbigen Kain zudeckte. Und auch nach zwei, drei Stunden kam noch niemand, um ihn als seinen Verwandten wegzuholen. Eine Müllschubkarre lud ihn auf und brachte ihn dann zu einem Grab, das niemand kannte.

Tuminah weinte noch, als sie bemerkte, daß Dalim

vor der Tür saß, seinen Körper in eine zerrissene graue Decke gehüllt. Es schauderte den kleinen Kerl, er schloß und öffnete die Augen, und manchmal trat ihm die Zunge heraus. Tuminah wischte sich mit dem stark verschossenen Zipfel ihrer roten Langbluse über die Augen. Wieder kamen ihr die Tränen. Sie stand auf und ging auf Dalim zu, der unruhig und argwöhnisch wurde.

»Habe ich dir nicht gesagt, du sollst im Regen nicht zum Fluß gehen? Wie oft habe ich dir das schon gesagt? Weißt du nicht, daß der Fluß dauernd Menschen verschlingt?«

»Ich wollte doch Sukon suchen...«

»Kannst du das nicht, wenn der Regen aufgehört hat?« fragte Tuminah, die Lippen zusammenpressend, um die Tränen zu unterdrücken.

»Ich hatte doch Hunger und wollte nach einer treibenden Ananas suchen...«

»Konntest du das nicht, wenn der Regen aufgehört hat?«

Dalim begriff, daß seine große Schwester böse war; seine Lippen bewegten sich, als wolle er antworten, doch er schwieg. Er schaute unter die Ruhebank, unter der alles mit Blechbüchsen und Draht angefüllt war. Ihm fiel ein, daß dort weit hinten eine Batate lag, die er hinter dem Haus von Mak Buruk gestohlen hatte. Unter der Ruhebank befand sich auch ein Schlüpfer von ihr. Vor drei Tagen hatte er diesen einmal zum Schwimmen benutzt, aber er war ihm heruntergefallen. Danach hatte er ihn einfach versteckt.

»Daß du mir so was nicht wieder machst!« sagte Tuminah zitternd. »Wenn du Hunger hast, so sag es und laß mich etwas zu essen suchen...«

Wiederum wischte sich Tuminah die Augen, während sie überlegte, wo sie wohl etwas Eßbares auftreiben solle. Von den Bataten, die sie gekauft hatte, waren nur noch ein, zwei Stück übrig. Geld hatte sie nicht in der Hand. Am vorhergehenden Abend hatte sie sich mit Basir treffen müssen, um eine Büchse mit Milch zu bekommen. »Ich kann dir diese Milch geben«, erklärte Basir, der ein eirundes Gesicht voller Pickel hatte. »Aber... aber du müßtest mir dafür etwas anderes geben.« Die Leute gaben nichts mehr aus Menschlichkeit, dachte Tuminah. Seit sie vor sechs Monaten Witwe geworden war, hatte sie ausreichend männliche Zügellosigkeit kennengelernt. Für alles, was man erhielt, mußte man etwas geben. In Kriegszeiten verhielt es sich eben so, und für Tuminah gab es keinen anderen Weg. »Also gut«, hatte sie geantwortet, wie sie sich erinnerte, »du gibst mir diese Milch, und ich gebe dir das hier.« So wurden menschliche Brüste und tierische Milch ausgetauscht.

»Weißt du nicht mehr, was ich gesagt habe?« wandte sich Tuminah mit ihren Worten wieder an Dalim. »Ich will nicht, daß du wieder zum Fluß gehst, weißt du's nicht mehr?«

Dalim nickte nicht, sondern starrte auf die Höhlung

hinunter. Darin lag auch noch die Felge eines Fahrrads, die er gleichfalls gestohlen hatte. Wenn seine Schwester nicht da wäre, dachte er, würde er in die Höhle hinunter kriechen, in die Batate beißen und Krabbenpaste kauen.

Bevor Tuminah etwas fragen konnte, ertönte schon das Sirenengeheul zum Zeichen, daß die Bomber vom Typ B 24 und B 29 zum Angriff ansetzten. Unverweilt zog Tuminah Dalim an sich heran, und sie rannten zusammen schnell los in den Schutzraum. Einen Augenblick lang fand der Lärm keine Beachtung, jeder wollte ganz schnell in den Unterstand, um sich in Sicherheit zu bringen, obgleich einen Monat zuvor fünfzehn Menschen gleichzeitig in dem abgelegensten Schutzraum den Tod gefunden hatten. Jeder von ihnen flüsterte Gebete, in welcher Sprache auch immer, und flehte, daß ihr Unterstand nicht von einer Bombe getroffen werde. Und während ein jeder seine Hoffnung darauf setzte, widerhallte bereits das Dröhnen der B 24 und B 29. Sie fürchteten sich nicht, wenn die todbringenden Flugzeuge genau über ihren Köpfen flogen; die Bomben, die diese abwarfen, würden nicht sie treffen. Aber anders stand es, wenn die Maschinen östlich, westlich, südlich oder auch nördlich von ihnen flogen – dann konnten die herabfallenden Bomben auf ihren Unterstand zu abgetrieben werden.

Wie gewöhnlich war der Schutzraum, wo Tuminah Zuflucht gesucht hatte, vollkommen überfüllt. Den anderen Unterstand schätzten die Menschen nicht besonders, vielleicht wegen des Schmutzes, vielleicht aber auch deshalb, weil dort einmal ein alter Mann voller offener Geschwüre an Armen und Beinen gestorben war. Die Leute hatten es auf verschiedene Weise versucht, aber die Ausdünstung der Geschwüre und den Leichengestank schien man nicht mehr vertreiben zu können. Der Unterstand, wohin Tuminah sich geflüchtet hatte, wurde natürlich immer gesäubert, besonders von Ahmad Jani, der ihn als sein Haus und dieses als sein Grab ansah.

Als Tuminah hereinkam, rezitierte Ahmad Jani gerade mit zitternden Händen die 37. Koransure, die Sure des Todes. Über seinen kräftigen Körper hatte er nur ein ziemlich sauberes Trikothemd gezogen. Eine eingebeulte weiße Kappe, ein Erbstück seines Onkels Amin, verbarg großenteils sein stachliges kurzes Haar. Obwohl er erst 36 Jahre zählte, sah er aus, als wäre er schon 46. Sein breites, pockennarbiges Gesicht und ein behaartes Muttermal am rechten Ohr ließen ihn noch älter erscheinen. Nur sein Lächeln war angenehm anzuschauen, weil sich darin Gelassenheit in der aufgeregten Atmosphäre des Krieges zeigte. Tuminah sah dieses Lächeln gern und hätte ihr Gesicht schnell abgewandt, wenn Ahmad Jani nicht gelächelt hätte. Innerlich verfluchte sie ihr ungerechtes Verhalten, aber sie handelte nicht als einzige so; alle Frauen, insbesondere die jungen, fürchteten sich, dem Mann ins Gesicht zu sehen, der in diesem Schutzraum sein Alter so verbarg.

»Gestern haben sie drei Stunden lang bombardiert«, meinte Giap Hong, während er sein erst sechs Monate altes Kind festhielt. Seine magere Frau, in eine hellgrüne Decke gehüllt, sah ihn mit ängstlichen Augen an. »Wie lange es heute geht, weiß man nicht«, setzte er hinzu.

»Wie lange, merkt man sowieso nicht«, mischte sich Kuldip Singh ein. Dessen Sohn Ranjit Singh spielte gerade mit Menon Händeklatschen und kicherte dabei. »Die Jungen hier merken es auch nicht«, fügte er hinzu und kniff seinen Sohn in den Schenkel.

Die im Unterstand versammelten Menschen dachten nicht an Nationalität und Religion. Einmal drinnen, erzählten sie von ihren jeweiligen Freuden und Sorgen, von Liebe und Hoffnung und davon, was sie tun würden, wenn der Krieg einmal vorüber sei. Tuminah hörte sich diese rührenden Geschichten immer an, die natürlich von besonders herbeigesehnten, Hoffnungen weckenden Erzählungen ergänzt wurden. In dem Schutzraum vermischten sich in der Tat alle Gefühle. Wenn sie nicht von den Bomben der B 24 oder B 29 verschüttet würde, sagte sich Tuminah innerlich, wollte sie die unterschiedlichsten Geschichten über Econ, Mak Buruk, Salimah, Basir, Said Ayub, Giap Hong, Kuldip Singh, Irwan und Mulyadi, Ahmad Jani und Susay ersinnen.

»Gestern abend haben sie die Marinebasis bombardiert«, meinte Susay.

»Auf die Insel Bukom haben sie auch Bomben geworfen«, sagte Giap Hong.

»Wo Flugzeuge sind und wo Öl ist, da bombardieren sie«, mengte sich Said Ayub ein und rieb sich seine dichten weißen Augenbrauen.

»Ausgeschlossen!« widersprach Giap Hong. »Der Schutzraum dort – wo waren denn da Flugzeuge, wo war denn Öl? Und dort haben sie auch Bomben abgeworfen!«

»Sie wollen ja gar nicht genau hinsehen!« erklärte Kuldip Singh.

Wer vermochte wohl von oben die Menschen zu sehen, die unten beteten und hofften, besonders in diesem kleinen Schutzraum, sagte Tuminah bei sich. Die Besatzungen der B 24 und B 29 wußten nicht, wer sich unten befand. Ihre Aufgabe bestand darin, so viel Bomben wie möglich auf bestimmte Ziele abzuwerfen, aber die Bomben verfügten über keine Seele und keine Augen. Sie explodierten, wo sie wollten, und verbrannten, was sie konnten.

»So ein Elend, so ein Elend!« wütete Tuminah mit zusammengebissenen Zähnen. Sie war nicht nur aufgebracht, weil der Krieg nicht erkennen ließ, wie er enden werde; es erbitterte sie auch, daß der Krieg Mansur, ihren Mann, in Stücke gerissen hatte, der in Bukit Timah einen Bus gesteuert hatte. Und nun waren nur sie und ihr kleiner Bruder Dalim übriggeblieben. Ihr Kampung, Belimbing Dalam bei Durian Tunggal im Staat Melaka, lag zu weit entfernt, und sie konnte vor Kriegsende nicht heimkehren. Sie wußte nicht, warum sie so reizbar war. Möglicherweise lag es daran, daß sie an die Bitte ihres toten Mannes, Mansur, dachte, sie solle ihn heimbringen in sein Kampung, wenn etwas passiere. Sein Leib war in Stücke gerissen, was konnte man da noch zurück ins Kampung bringen? Das fragte sich Tuminah mit einem aufbrandenden Weinen in der Brust.

Ihr kam nun erst zu Bewußtsein, daß hinter Susay, Said Ayub, Mak Buruk und Giap Hong auch Basir lehnte. Der junge Mann schnitzte gerade mit seinem großen Messer am Holz herum. Seine Augen waren fest auf Tuminah gerichtet und brachten sie zum Zittern, worauf sie Dalim an sich zog, damit er ganz nahe bei ihr saß. Bisweilen bemerkte Tuminah, daß Basir zu Simah schaute, die gleichfalls wohlgeformt aussah.

»Was denkt ihr, wie lange der Krieg noch dauert?« ließ sich plötzlich Kuldip Singh vernehmen.

»Wie lange wohl?« fragte auch Said Ayub.

»Als die Japaner kamen, ging es uns schlecht; jetzt wollen die Weißen zurückkommen, da geht's uns auch schlecht«, erklärte Mak Buruk, strich sich über ihren dünnen Haarknoten und danach auch über ihren faltigen Hals.

»Wir sollten nicht darüber nachdenken, wie lange er noch dauert«, bemerkte Ahmad Jani, der die Rezitation der Koransure beendet hatte. »Wir sollten daran denken, daß wir alle sterben müssen.«

Alle im Schutzraum Anwesenden schwiegen, blickten einander an, mit deutlicher Unruhe und Furcht.

»Sterben müssen wir wohl«, sagte Kuldip Singh, »aber wir wollen es nicht auf diese Art.«

Das Brummen der B 24 und B 29 kam erneut immer näher, alle verstummten und lauschten gespannt auf das Dröhnen der Todesvögel. Dann vernahmen sie das fortgesetzte Pfeifen der ununterbrochen fallenden Bomben. Alle hielten sich die Ohren zu und krümmten sich zusammen. Jeder von ihnen betete...

Tompang schüttelte noch immer den Kopf und baumelte mit den Beinen, die er durch die alten Gitter der Fensteröffnung hinausgesteckt hatte. Er fürchtete sich niemals und wußte auch nicht, was Furcht bedeutete, obwohl auch er sich einmal die Ohren zugehalten hatte, als das Krachen der Bomben fast taub machte. Heute war Sukon irgendwohin verschwunden, und daher gab es auch niemanden, der daran dachte, daß noch keiner Tompang weggetragen hatte. Gewöhnlich wurde der blinde und lahme Tompang abwechselnd von irgendeinem menschenfreundlichen Nachbarn mitgenommen. Sie luden sich ihn auf, brachten ihn in den Unterstand, und dort erzählte Tompang dann unaufhörlich über alles, was ihm durch den Kopf ging, ohne im geringsten zu ahnen, welche Eindrücke sein Gerede auf die machte, die sich selbst im Schutzraum aufhielten. Einmal fragte er, warum man ihn denn in den Unterstand bringen müsse, warum man ihn nicht mit den Beinen baumeln, den Kopf schütteln und von seinem Verschlag herab singen lasse. Und wenn pausenlos die Bomben fielen, stellte er manchmal eine Frage, die zum Lachen reizte und gleichzeitig Zorn erregte. »Wer spielt denn da Steineschmeißen?« erkundigte er sich. »Das sind keine Steine, du Dummkopf, das sind Bomben, Bomben; kennst du keine Bomben?« hatte Basir einmal gebrüllt.

Nachdem sie sich fünf-, sechsmal die Ohren verstopft und sich im Unterstand zusammengeduckt hatte, rief Mak Buruk auf einmal: »He, wo ist Tompang? Hat niemand Tompang mitgenommen?« Unvermittelt wollte Mak Buruk hinausstürmen und Tompang in den Schutzraum schleppen. Rasch hielt Said Ayub sie zurück. »Jetzt fallen schon die Bomben, du kannst nicht hinaus«, erklärte er. »Willst du umkommen?«

»Aber Tompang ist noch draußen!« schrie Mak Buruk mit zitternden Lippen.

»Ja, ja, Tompang ist draußen, aber wir können jetzt nichts tun!« machte Ahmad Jani geltend.

»Dann bringen ihn die Bomben um. Er kann doch nicht fortlaufen, er sieht ja nichts, versteht nichts!« argumentierte Mak Buruk nochmals.

»Das ist schon richtig, Buruk«, mischte sich Econ ein. »Aber wenn es schon so kracht und knallt...«

Sie brach ab, alle duckten sich, und einige warfen sich lang hin. Eine heftige Erschütterung ließ alles erzittern, den Erdboden und die Menschen im Unterstand. Schreie erschollen, und mit immer lauterer Stimme rezitierte Ahmad Jani Koransuren. Fortgesetzt fielen weitere Bomben, allerdings nicht auf ihren Unterschlupf. Das sechs Monate alte Kind Giap Hongs begann plötzlich zu weinen. Es weinte und schluchzte ununterbrochen.

Lange Zeit schwiegen und zitterten sie. Die Sache mit Tompang war dem Gedächtnis aller im Schutzraum augenblicklich entfallen, außer bei Mak Buruk. Sie massierte ihren faltigen Hals, während sie die Tränen aus Angst und Mitleid mit Tompang zurückhielt, der nichts verstand und mitten in den Bombenexplosionen allein zurückbleiben mußte. Was würde er in diesen schlimmen Augenblicken tun, überlegte Mak Buruk. Wahrscheinlich streckte er noch immer seine Beine aus, während er unaufhörlich den Kopf schüttelte und unermüdlich sang oder schwatzte.

Es gab niemanden, den es nicht rührte, wenn er Tompang in solcher Lage sah. Er kannte den Krieg aus den Reden der Leute und vom Geheul der Sirene und dem Dröhnen der B 24 und B 29 ebenso wie vom Krachen der Bomben und den Abschüssen der Luftabwehr. Die Bomber und die sich plötzlich am Himmel entlangziehenden weißen Kondensstreifen sah er nicht. Er sah auch nicht, wie die Kinder an Kopf und Bauch blutüberströmt davonliefen, als der am äußersten Ende gelegene Unterstand von einer Bombe getroffen wurde. Er hörte nur, daß an diesem Unglückstag siebzehn Menschen gleichzeitig getötet und etwa sieben schwer verletzt wurden.

Tompang selbst – so konnte man sagen – lebte ständig bei den Kampungbewohnern, die zusammen mit ihm litten, und von deren Mitleid. In der Vorkriegszeit besaß er noch einen großen Bruder und eine Großmutter, aber sie wurden beide Opfer der japanischen Bomben, die genau in die Mitte des Friedhofs hinter der Moschee nicht weit von der alten grünen Brücke fielen. Seitdem gehörte Tompang zur großen Familie aller. Einmal kam Giap Hong und brachte eine zerschlissene, aber geflickte Hose von sich; Kuldip Singh schenkte ihm ein altes Kissen, das seinem Sohn Ranjit Singh gehörte; Ahmad Jani machte ihm ein Hemd zum Geschenk; Susay und Said Ayub drückten ihm jeder ein japanisches Brot in die Hand, das so hart wie ihre Türbretter war. Aber mit Dalim, Baharum und Sakinah stand Tompang am vertrautesten, wenn gerade eine Atempause herrschte, und wenn die Sirene aufheulte, wartete er einfach darauf, daß jemand kam und ihn holte – meistens tat das Mak Buruk.

Tompang zählte erst sechzehn Jahre. Als er ins Kampung gekommen war, mochte er vielleicht neun oder zehn Jahre alt gewesen sein. In den zurückliegenden sechs oder sieben Jahren hatte er sich nicht sehr verändert, außer daß er ein wenig größer geworden war. Seine Beine ließen noch immer die Knochen sehen, und er baumelte unablässig damit; und ständig schüttelte er mit dem für seinen kleinen Körper zu großen Kopf, ungeachtet dessen, ob es angebracht war, ja, es geschah sogar im Schlaf. Er hatte große, aber festgeschlossene Augen, und aus dem rechten und dem linken Augenwinkel quoll beständig flüssiger Schleim. Er besaß große und feste Zähne, doch standen diese weit auseinander, während seine überlangen Haare ihm weit über den Nackenansatz fielen.

Während sich vor Mak Buruks Augen alles darstellte, was um Tompang herum geschehen war, ertönte ein langer Sirenenton zum Zeichen, daß der Feind im Abflug war. Alle spürten Erleichterung und machten sich bereit, den Unterstand zu verlassen, der für die immer größer werdende Zahl von Schutzsuchenden viel zu klein war. Susay kam heraus, reckte und streckte sich, weil er sich von dem Sitzen in drangvoller Enge ganz steif fühlte. Er schimpfte mit Menon, der fröhlich hin und her hüpfte und zum Himmel zeigte. Doch reckten alle, die den Schutzraum schon verlassen hatten, den Kopf in die Höhe und schauten nach den herabsegelnden dünnen weißen Papierblättern. Sie wußten, daß es sich um von den Bombern abgeworfene Flugblätter handelte, die darüber informierten, daß sie, die noch unter der japanischen Besatzung lebten, keine Befürchtungen hegen sollten, weil die Briten an verschiedenen Orten bereits wieder gesiegt hatten und bald wieder zu ihrem Schutz zurückkehren würden.

»Was nützt das, Botschaften abzuwerfen?« hörte man Ahmad Jani sagen. »Alle Leute hier leiden Hunger!«

»Die verstehen bloß, Botschaften oder Bomben abzuwerfen«, fügte Said Ayub hinzu, während er sich nach seiner Verwandtschaft umsah, nämlich Karim, den er im Unterstand zuvor nicht gesehen hatte. Er eilte bedrückten Herzens rasch zu seinem Haus, in der Hoffnung, daß Zainab, seine junge Frau, die er eingeschlossen hatte, in ihrer Kammer saß und Karim nicht da war.

An den drei folgenden Tagen gab es keine schweren Angriffe, die B 24 und B 29 warfen sogar nur einmal flächenmäßig ihre Bomben, und auch das nur über Changi. Die Bewohner des Kampungs am Fluß fanden Gelegenheit, dies und jenes in Ordnung zu bringen, und was am allerwichtigsten erschien, sie konnten sich schnell Öl und Hartbrot besorgen. Die Versorgung mit Lebensmitteln klappte tatsächlich außerordentlich schlecht. Reis hatten sie schon lange nicht mehr erhalten, und es ging das Gerücht, daß Reis nur für die Verpflegung der japanischen Soldaten gespeichert würde. Und Maniokwurzeln waren schon um ein Vielfaches teurer geworden. Die Kinder begannen, sich in dem immer träge fließenden Fluß auf die Jagd nach angefaulten, aber noch genießbaren Nahrungsmitteln zu machen. Am Nachmittag hielten sich Dalim, Aman, Baharum, Simah, Sakinah, Menon, Ah Lan und Sai Yong alle nicht zu Hause auf. Sie schwammen und liefen am Ufer des Flusses entlang, dessen Wasserstand zufällig gerade fiel. Im Schlamm und Schlick, in den Ritzen des Gerippes der Barke und der durcheinander liegenden Bohlen schauten sie sich um und suchten, ob sie vielleicht ein totes Huhn oder eine krepierte Ente, eine Ananasschale oder eine angeschwemmte Batate fänden. Ständig richteten sie ihre Blicke auf die Mitte des Flusses und beobachteten jeden langsam vorbeischwimmenden Abfall und Unrat, wobei sie darauf hofften, daß sich dazwischen vielleicht angefaulte, aber noch eßbare Nahrungsmittel fanden.

Seitdem eine Menge Menschen sich an der grünen Brücke aufgehängt hatten, trauten sich die Kinder nicht mehr in deren Nähe. Nur Dalim allein kannte keine Gefahr. Er schlich am Flußufer entlang auf eine Fabrik zu, in der Lebensmittel und Sprengstoff unter strenger Bewachung lagerten. Natürlich zog es die Kinder immer dorthin, sie sangen und tanzten im Schlick oder auf dem Wrack der Barke, um die Aufmerksamkeit der Soldaten zu erregen, die auf einem ziemlich hohen hölzernen Turm Wache hielten. Die Kinder wagten es aber nur, wenn Katayama an der Reihe war, Wache zu halten. Katayama vermochte noch, fröhlich und verstehend zu lächeln; von ihm bekamen sie auch immer etwas Eßbares, er warf ihnen Büchsen mit Fisch und Gemüse hinunter, manchmal sogar kleine Säckchen mit Reis. In solchen Augenblicken packte jedes Kind aus Leibeskräften zu – einige versanken im Schlamm, andere verletzten sich durch die spitzen Stümpfe, von denen tatsächlich viele aus den Bohlen der Barke herausragten, und noch andere zerrten und bissen, um ihren Teil zu erhalten. Diese bestürzende Erfahrung bewog Katayama daraufhin, selbst vorsichtig zu handeln und Eßwaren nur dann hinunterzuwerfen, wenn lediglich zwei oder drei Kinder dastanden, oder wenn Simah oder auch Salimah sich so stellten, als gingen sie dort vorbei. Salimah lächelte ihm einmal zu; und als Katayama an einem Nachmittag dienstfrei hatte, preßte er Salimah mit dem ganzen Körper an sich, fand jedoch keine Gelegenheit, das zu tun, was er beabsichtigte.

Klatschend sprang Dalim in das schmutzige schwärzliche Wasser. Er schwamm hastig, und bisweilen reckte er das Gesicht mit weitgeöffnetem Mund empor, um besser Atem zu holen. Er blickte wild um sich, in die Richtung, in die er zuvor schon Ausschau gehalten hatte, und er sah dort noch irgendein Bündel – vielleicht Früchte, vielleicht auch Gemüse, das die japanischen Soldaten aus ihrem Vorratsschuppen weggeworfen hatten. Dalim tauchte, dann kam er genau bei diesem Bündel von Eßbarem wieder hoch, auf das er seine Hoffnung gesetzt hatte. Da schwammen wahrhaftig zwei Bananen, eine davon verschrumpelt und noch unberührt, die andere von irgendjemandem halb aufgegessen. Leider trieben neben den Bananen und einem mit einem Jutesstrick umschnürten Holzstück sowie schlecht gewordenem Gemüse auch drei, vier langgebogene Stücke schwarzer Kot. Dalim spie das ihm in den Mund gedrungene Wasser aus und brüllte: »Schweine!« Sogleich schwamm er wieder auf seine Kameraden zu, die noch hinunter starrten und nach Essenresten suchten, die von den japanischen Wachtposten oben auf dem hölzernen Turm immer weggeworfen wurden. Dalim schwamm mit erregten Sinnen und erblickte Irwan und Mulyadi, die gerade ihre zerrissenen alten Hemden wuschen. Er rief Mulyadi, an dessen nacktem Körper die Knochen hervorstanden und der am linken Fußknöchel und am rechten Knie ein Geschwür hatte, zu: »Yadi! Dort sind Bananen!«

Irwan hatte schnell die Richtung erkannt, in die Dalim mit der Hand wies und ließ sogleich das Hemd los, das er gerade gegen die unterste kleine steinerne Stufe am Flußufer geklatscht hatte. Er sprang ins Wasser und schwamm auf die Nahrungsmittel zu, griff sich die verschrumpelte Banane und schwappte dann die auf dem Wasser treibenden Kotstücke weg. Suchend blickte er sich weiter um, wobei er mit der Hand das mit dem Jutestrick umwickelte Holzstück und den Schaum des verdorbenen Gemüses fortschob. Nach dem Gemüse selbst langte er und brachte es auch ans Ufer. »Yadi, nimm sie dir!« sagte Irwan und reichte Mulyadi die eine Banane. Der Siebzehnjährige verschlang schnell das Gemüse. Mulyadi schüttelte lachend den Kopf.

»Heee, Yadi, ißt du die Banane oder ißt du Scheiße?« brüllte Dalim, der schon bei Baharum, dem Kleinsten in der Schar seiner Kameraden angelangt war.

»Wenn man Bananen ißt, wird Scheiße draus«, antwortete Irwan und tauchte seine Hand in das schmutzige Flußwasser.

»Und wenn man Scheiße ißt, kann's eine Banane werden, waaas?« rief Dalim wieder.

Kein Mensch antwortete. Nur seine Kameraden neben ihm lachten belustigt. Aber dann vergaßen sie die zwei Indonesier, die die Japaner zur Zwangsarbeit im Süden Thailands verschleppt hatten, die aber in Singapur gestrandet waren, weil beide erkrankten. Über ein Jahr lang lebten sie nur am Flußufer, wuschen sich dort, suchten sich etwas zu essen und schliefen sogar manchmal da.

Dalim fiel mit einemmal ein, daß Sukon nicht bei seiner Gruppe war. Er schaute zu der Brücke hin und und sah, wie einige Leute eilig über diese liefen. Wollte sich wiederum jemand umbringen? Rasch zuckte ihm diese Frage durch den Kopf. In jüngster Zeit schien diese Brücke die Rolle eines Mordplatzes zu spielen. Dutzende von Chinesen hatten die Japaner dort erschossen; weitere Dutzende von Mitgliedern verbotener Gruppen hatten sich dort geschlagen, wobei sie Messer, Flaschen und Fahrradketten benutzten; und noch eine Anzahl andere Leute hatten sich eben dort aufgehängt. Dalim selbst dachte niemals daran, wenn ihn nicht seine Kameraden erinnerten. Ihm galt der Fluß als geeignet für die Jagd nach Eßbarem und zum Baden, und die Brücke diente ihm dazu, sich fröhlich daran hin und her zu schwingen, bevor er sich wieder klatschend in den Fluß fallen ließ.

Dalim hielt nochmals Umschau, und diesmal sah er einen Kopf, verborgen und geschützt hinter dem Wrack des Vorderteils eines LKW, der in der Tat schon länger als ein Jahr im Schlamm am Flußufer versunken war. An der Form des ziemlich großen Kopfes konnte Dalim feststellen, daß es sich wohl um Sukon handelte. Mühsam lief Dalim in dem Schlick, der seine Füße, die er ganz schnell zu bewegen suchte, einsaugen wollte.

Auch an den näher am Ufer gelegenen Stellen sanken seine Füße beständig ein, was zur Folge hatte, daß Dalim stehenbleiben und sie langsam wieder herausziehen mußte. Sein Blick ließ jedoch Sukon nicht los, den er nun gerade mit einiger Mühe gefunden hatte. Der kleine Zwölfjährige hatte sich offenbar enger an Basir angeschlossen als an seine gleichaltrigen Kameraden. Dalim merkte, daß bestimmt etwas hinter dieser neuen Beziehung steckte. Und eben das brachte ihn dazu, wissen zu wollen, was Sukon, dessen Kopf einmal versteckt war und dann wieder hervorkam, in diesem Augenblick tat.

»He, was machst du da, Sukon?« fragte Dalim und rieb sich das Muttermal an seinem Hals. Er strich die ihm in die Stirn hängenden Haare beiseite. Und plötzlich fuhr er zusammen, weil er hinter dem Gerippe des Vorderteils des LKW auch Basir bemerkte, dessen tiefliegende Augen scharf funkelten.

»Wer hat dir gesagt, daß du hierher kommen sollst, hä?« fragte Basir und wischte sich den Schweiß von der Stirn. In der Hand hielt er scharfkantige Eisenhaken, wie sie gewöhnlich benutzt wurden, um sie in die Rinde der aus den LKW herausragenden Stämme zu schlagen, bevor sie in den Fluß abgekippt wurden. »Warum gehst du nicht weg? Scher dich fort!« setzte Basir mit drohender Stimme hinzu.

»Ich suche doch Sukon...«

»Sukon kann hier nicht weg. Hat zu tun. Geh du spielen! Geh zu Simah, Menon, Baharum und Ah Lan!

Sukon muß arbeiten«, erklärte Basir und begann wieder, die Bretterwand anzuheben, die von dem zerstörten Vorderteil des LKW verdeckt wurde. Aus der Art und Weise, wie sie zu Werke gingen, merkte Dalim, daß die beiden tatsächlich ein Loch brechen wollten, um in den Schuppen mit Lebensmittelvorräten einzudringen, der allerdings Tag und Nacht von dem hohen hölzernen Turm aus bewacht wurde. Dalim zitterte vor Angst, daß Katayama, der an diesem Tag Wache hielt, bemerken würde, was die beiden unternahmen. Wenn es nicht die Tjeri-Bäume und das dort aus den Ritzen der Holzbohlen und im Schlick wachsende dichte Alang-alang-Gras verhinderten, so würde man bestimmt sehen, was Basir vorhatte.

»Mach das nicht, Sukon, laß es sein, komm, wir gehen nach Hause! Sie schießen sonst auf dich«, redete Dalim seinem Kameraden zu, der gespannt zusah, wie Basir die dicke Bretterwand aufbrach.

Basir hielt inne, der Schweiß auf seiner Stirn tropfte herab. Seine große scharfgeschnittene Nase bewegte sich und erhöhte das Gefühl seines Zorns, der sich bereits auf seinem eirunden, von Pickeln übersäten Gesicht spiegelte.

»Ich hab' gesagt, du sollst dich fortscheren! Mach dich fort!« warnte Basir mit lauter Stimme, und seine dicken, narbigen Lippen bewegten sich wieder, bevor er wütend die Zähne fletschte. Auf der linken Seite hatte er eine Zahnlücke. »Ob es mich erwischt oder nicht, geht dich nichts an«, setzte er hinzu und bedachte nicht, daß der zum Wortgefecht Herausgeforderte nur ein elfjähriger Junge war.

Der für gewöhnlich sehr dreiste und mutige Dalim rannte schnell davon und sah nach dem entfernten Turm, auf dem sich augenblicklich überall herausragende Gewehrmündungen zeigten. Er hatte einmal erlebt, wie bei Tagesgrauen Menschen getötet wurden, als sie versuchten, in das Vorratslager einzudringen, um Lebensmittel zu stehlen. Einer wurde im Schuppen niedergemacht, ein weiterer im Schlamm und Schlick, während der dritte blutüberströmt ausgestreckt im Fluß lag. Dalim wollte nicht, daß Sukon auf solche Weise ums Leben kam. Im Laufen schrie er: »Sukon, komm, wir suchen im Wasser nach Ananas!«

Tuminah schauderte es, als sie den Bericht ihres kleinen Bruders über die Ereignisse des Tages hörte. Sie wußte, daß es mit der Länge der Zeit immer mühevoller wurde, etwas Eßbares aufzutreiben, und selbstverständlich verloren manche die Geduld und versuchten, in das Lebensmittellager der Japaner einzubrechen. Doch sie wollte nicht, daß Sukon und Basir zu diesen Wagehälsen gehörten. Sie mochte Sukon wirklich gut leiden, besonders weil der Junge eben ein guter Kamerad Dalims war und die beiden selten wirkliche Missetaten begingen. Wie Basir den Jungen mit dem breitflächigen, aber blassen Gesicht an sich fesseln konnte, das wußte Tuminah nicht. Aber – so dachte sie bei sich – wenn wirklich ein Unglück geschehen sollte, warum mußte es gerade über einen kleinen Jungen hereinbrechen, dem immer die Worte im Halse steckenblieben?

Zwei-, dreimal hatte Tuminah sich ein Herz gefaßt, sich zum Unterstand aufgemacht und nach Ahmad Jani gesucht, um ihn über den Plan zu unterrichten, den Basir jetzt heimlich betrieb und zu dem er Sukon benutzte. Jedesmal, wenn sie die Schwelle überschritt, zitterte sie augenblicklich, und Furcht überfiel sie. Denn wenn Ahmad Jani etwas unternahm, so wußte Basir bestimmt, wer da geschwatzt hatte. Tuminah wollte auch nicht, daß man ihren Bruder überfiel und zusammenschlug.

Weit weg, aus der Fensteröffnung des zweiten Stocks hörte man, wie Tompang Koranverse rezitierte, einmal mit lauter, einmal mit gedämpfter Stimme, aber sie klang furchterregend und faszinierend. Die Nacht, in der der Ruf der Eulen vom Friedhof am Flußufer herüberklang, gewann noch an Schrecken durch Tompangs betende Stimme. Tuminah blickte hinaus, sah zu dem hölzernen Turm hin, auf dem manchmal ein Lichtschein aufleuchtete. Das Licht wanderte dann in jeden Winkel, kroch von den Spalten der Brücke zu den Treppenstufen am Flußufer, weiter über die Wasseroberfläche des Flusses zum Wrack der Barke, den treibenden Balken und dem zerstörten Vorderteil des LKW und folgte dann den Reihen der schäbigen Häuser gegenüber dem Vorratsschuppen. Der Scheinwerfer brauchte nur irgendjemanden zu ertappen, der die Wand des Schuppens aufbrach; ein erbarmungsloser Kugelregen würde auf ihn warten!

Tuminah verfolgte den wandernden Lichtkegel, als sie eine flüsternde Stimme vor ihrer Tür vernahm. Sie schrak zusammen, schmiegte sich an den schlafenden Dalim, als ob gerade er ihr beistehen könne, wenn etwas Bedrohliches geschah. Das Flüstern wiederholte sich zwei-, dreimal, bevor ihm ein taktmäßiges Klopfen an die Tür folgte. Dieses einmal zögernde, danach dreimal schnelle Pochen kannte sie wohl. Da stand Basir vor ihrer Tür! Es lief ihr kalt über den Rücken, denn sie wußte, Basir kam und brachte wie immer Nahrungsmittel, würde aber dann erst gehen, wenn er mit ihr geschlafen hatte. Sie legte den linken Zeigefinger auf den Mund, öffnete dann die Tür und verschloß sie wieder. Basir brachte zwei, drei Büchsen mit Lebensmitteln zum Vorschein.

»Wie oft habe ich dir schon gesagt, du sollst nicht so spät nachts kommen«, brummte Tuminah, während sie an die Narbe unter ihrem Kinn faßte. »Du hast eben kein Mitleid mit mir, wirklich, du hast kein Mitleid«, setzte sie hinzu.

Basir blickte auf Tuminahs wohlgeformten Körper beim Flackern und Schimmern der Palmöllampe, die auf einer Milchbüchse stand, wirklich direkt an Dalims Füßen, der laut schnarchte. Er hatte einmal am Mittag Tuminah mit einem Brusttuch gesehen, das ihre prächtige dunkle Haut hervorhob, ihre glänzenden großen Augen, ihre vollen Lippen, die Begierde erregten, und ihr langes Haar, das sich stets um ihren Hals ringelte. Aber Tuminah des Nachts anzuschauen, fesselte ihn noch mehr, obgleich die meisten Reize Tuminahs, die bei Tageslicht zu sehen waren, im Flackern der Palmöllampe verschwanden.

»Komm ein andermal nicht wieder so spät!« hörte er Tuminah sagen.

»Ich komme, um dir etwas zu essen zu bringen…«

»Ich weiß, ich weiß…«

»Willst du, daß alle es erfahren, wenn ich mittags komme und gestohlene Sachen mitbringe? Deshalb komme ich nachts. Verstehst du das nicht?« bemerkte Basir und zog, ohne lange zu zögern, sein Trikothemd aus.

Tuminah wußte, daß sie Basir nicht mehrmals widersprechen durfte. In solchen Zeiten konnte sie nicht daran denken, woher etwas Eßbares kam. Dalim mußte leben, und sie mußte am Leben bleiben. Drei Tote in ihrer Familie reichten wahrhaftig. Vater und Mutter waren schon gestorben, und ihren Mann hatte eine Bombe vollkommen in Fetzen gerissen; sie und Dalim durften nicht vor Hunger sterben.

Tuminah fühlte eine Hitzewelle durch ihren Körper gehen, und sie zog ihre schon stark verschlissene Kebaya aus. Basir blickte sie an und hoffte, daß in dieser Nacht die Sirene nicht heulen werde. Das Licht der Palmöllampe flackerte noch immer müde. Basir ging hin und blies sie aus.

2

Die Reihe der Gefangenen wand sich vorwärts. Die weißen Soldaten oder auch Zivilisten trotteten mutlos dahin; ein Teil schleppte sich mit finsterem Gesicht und hängendem Kopf einher, der andere Teil versuchte fest auszuschreiten, obwohl ihnen völlige Erschöpfung anzusehen war. Die meisten von ihnen trugen keine Uniformbluse außer ein, zwei Gefangenen an der Spitze und ein, zwei weiteren am Ende des Zuges. Neben den ungefähr sechs- oder siebenhundert Gefangenen marschierten fünfzehn, sechzehn japanische Soldaten mit auf dem Gewehr aufgepflanztem Bajonett. Ganz zuletzt ratterte noch ein LKW, von dem herab die Mündung eines Maschinengewehrs drohte. Zwei japanische Soldaten beobachteten mit wachsamen Augen die Reihe der Gefangenen. Wenn es zu Widersetzlichkeiten kam, hielten die Blutsauger ihre Kugeln bereit.

Anfangs hatten solche vorbeiziehenden Kolonnen allgemeine Aufmerksamkeit erregt, besonders die der Kinder, die nicht verstanden, warum die Weißen so ermattet und schwitzend hintereinander laufen mußten. Einmal sahen sie, wie zwei, drei Gefangene auf dem Marsch stolperten und zu Boden stürzten und von ihren Kameraden sogleich gestützt wurden, um weiterzuziehen. Wenn Ältere stürzten, besaßen sie nicht mehr die Kraft zum Aufstehen. Blieben sie zurück, wurden sie dann auf den offenen LKW geladen.

Wenige wußten, warum die gefangenen Weißen in so langen Reihen in der großen Hitze marschieren mußten. Said Ayub erklärte es einmal Mak Buruk als die Strafe der Sieger für die Besiegten. Giap Hong stimmte dem bei, aber seine Augen röteten sich noch mehr und sprühten Zorn gegen die japanischen Soldaten. Kuldip Singh und Ahmad Jani wollten keine Bemerkung dazu machen. Sie sahen die Gefangenen ermattet, schwitzend, stürzend und sich wieder erhebend, tränenden Auges und mit vor Durst heraushängender Zunge einhertrotten, und das schien ihnen qualvoll genug. Waren das die Qualen der Hölle auf Erden? Salimah fragte es sich innerlich selbst.

Niemand im Kampung von Mak Buruk konnte erraten, ob es auch solche Gefangene waren, die in Richtung auf Changi zogen. Niemals hatten sie eine Gefangenenkolonne gesehen, die sich flußabwärts bewegte; stets war Changi ihr Ziel. Ein-, zweimal ließ Said Ayub seine wortkarge Frau Zainab wissen, daß die Gefangenen nach Changi zur Exekution eskortiert würden. Zainabs Gesicht zeigte unwillkürliches Entsetzen, aber sie erwiderte nichts.

»Warum strafen die gemeinen Menschen die guten?« fragte Karim, der neben ihnen stand.

»Weiß ich's?« gab Said Ayub zur Antwort.

An diesem Mittag, als die Gefangenen vorüberkamen, stand Mak Buruk gerade zusammen mit Tompang, der unaufhörlich mit dem Kopf schüttelte, an der Fensteröffnung. Sie hatte soeben Simah ausgeschimpft, die nicht in den Schutzraum hatte gehen wollen, als am Morgen die Sirene heulte. »Wenn wir umkommen sollen, dann gefälligst wir alle!« erklärte Mak Buruk ihrer bezopften Tochter. Sakinah, ihre Nichte mit den kleinen Augen, schwieg ängstlich. »Paß auf, wenn du nächstes Mal in den Unterstand gehst!« kommandierte Mak Buruk, bevor sie in Tompangs Verschlag ging, der noch nicht aufgeräumt war.

Mak Buruk beobachtete den Zug der Gefangenen sehr aufmerksam. Die lange Kolonne umging die schwankenden Balken vor einem Haus am Flußufer. Ganz weit nach rechts zum Schrottplatz, zu den Auto- und Lastwagenwracks hin, zur Umgebung des Friedhofs, zu einem offenen Gelände, zu der alten grünen Brücke und zu den Balken bewegte sich die Kolonne so langsam wie ein Zug von Ameisen. Und vom anderen Flußufer, einer sumpfigen Stelle, wo die Abfälle gestapelt wurden, wo sich der Vorratsschuppen für die Verpflegung der japanischen Soldaten befand und die elenden Häuser von Mak Buruk und der übrigen Kampungbewohner standen, in denen sie schon einige Jahre wohnten, konnte man Menschen stehen sehen, in der

Mehrzahl junge Burschen, die mit den Händen winkten und hin und her hüpften. Nur ein oder zwei Gefangene waren noch in der Lage zurückzuwinken, vielleicht weil sie Aufmerksamkeit erregen oder vielleicht auch, weil sie den japanischen Bewachern zeigen wollten, daß sie nicht den Mut verloren hatten.

Mak Buruk forderte Tompang auf, sein Trikothemd auszuziehen, um es an diesem Tag zu waschen. Das Hemd war in der Tat schon beinahe zwei Wochen nicht in der Wäsche gewesen, weil Tompang die Sachen liebte, die er schon lange am Leibe trug. »Mach dir keine Mühe damit«, erklärte er, »es riecht noch ganz gut!« Mak Buruk strich über den dünnen Haarknoten, bevor sie zu bedenken gab: »Na ja, schön, aber wenn es dich dann am Körper juckt, kannst du krank werden. Und wem geht es dann schlecht?« Tompang hörte auf, mit dem Kopf zu schütteln, als wolle er nachdenken, setzte aber dann sein Kopfschütteln fort. »Wart doch mal! Ich will erst die Gefangenen da laufen sehen«, sagte Tompang. »Die Reihe ist noch lang, nicht?« Mak Buruk lächelte wieder, als sie Tompangs Worte hörte, der doch blind war und gar nichts sehen konnte. Aber zumeist liebte er es zu »sehen«, wenn man ihm mitteilte, daß sich vor ihm etwas zeigte. Er erkundigte sich dann nach diesem und jenem, bis sich die Leute zuweilen selbst fragten, ob Tompang tatsächlich blind war oder es nur vorgab. Er verfügte tatsächlich über eine außerordentliche »Sehkraft«, denn er wußte schon, daß Dalim kam, bevor dieser seinen Verschlag betrat; bevor

Sukon erschien, erkannte er diesen als den Ankömmling; und noch ehe Mak Buruk eintrat, wußte er, daß sie ihn aufsuchte.

»Woher weißt du bloß, wer kommt, ohne daß du siehst, Tompang?« fragte Mak Buruk an einem Nachmittag, weil sie sein Geheimnis erfahren wollte. Tompang streckte seine dünnen Beine durch die Fensteröffnung und baumelte dann damit. »Macht Spaß«, antwortete er grienend. »Wenn Dalim hereinkommt, hüpfen seine Füße, und mit den Händen trommelt er gegen die Wand neben der Treppe; wenn es Sukon ist, tritt er ganz leise auf; und wenn Mak Buruk kommt, stampft sie kräftig auf, und schon vor der Tür hört man sie rufen.« Mak Buruk lachte schallend, so daß ihr faltiger Hals sich gleichfalls bewegte und noch mehr Falten schlug und auch das Muttermal an ihrer zierlichen Nasenspitze in Bewegung geriet. »Du bist wirklich schlau, Tompang, ja, wirklich«, schnaufte Mak Buruk und versuchte, ihre bloßliegenden rotgefärbten Zähne zu verdecken, weil sich sich noch nicht beruhigt hatte. Tompang lächelte, und weil es ihm Vergnügen bereitete, beschleunigte er sein Kopfschütteln. Mak Buruk blickte zum Flußufer hinüber und bemerkte, daß sich die Reihe der weißen Gefangenen noch lang hinzog. Einer von ihnen sah erschöpft aus, fiel auf die Knie und stürzte zu Boden. Ein Kamerad bemühte sich, ihm zu beizustehen, doch reichten seine Kräfte nicht hin, um ihm aufzuhelfen. Er trottete daraufhin allein weiter und spähte nach den bereitstehenden japanischen Wachsoldaten.

»Warum geht der denn nicht weiter? Sieht doch gut aus«, meinte Tompang.

Mak Buruk schüttelte den Kopf. »Machst du es dir nicht leicht mit dem, was du da sagst, Tompang? Du siehst doch gar nichts, was sieht denn an ihm gut aus?«

»Ich höre das Geräusch seiner Stiefel«, murmelte Tompang.

»Und ist das so schön, seine Stiefel zu hören? Hast du denn gar kein Mitleid, Tompang? Na, so was! Wozu gehe ich denn auf dein Gerede ein? Du bist eben nicht bereit... Ha! Zieh mal dein Trikot aus und laß es mich waschen!« verlangte Mak Buruk.

»Ich will nicht!« weigerte sich Tompang.

Mak Buruk schüttelte den Kopf und schaute nach den Treppenstufen am Fluß, wo Irwan und Mulyadi gerade standen – letzterer mit Kochen beschäftigt, während Irwan dafür Holzreste zusammensuchte. Sie blickten nach den vorüberziehenden weißen Gefangenen und hofften darauf, daß einer fallen und nicht wieder aufgehoben würde. Sie brauchten irgendetwas – Nahrung oder Kleidung, mochte es noch so wenig sein.

Mak Buruk trat zur Wand und nahm ein, zwei Hemden herab, die zusammen mit einer überaus schmutzigen Unterhose dahingen, und warf die Sachen auf den Fußboden. Und als sie einen Kain herabzog, der an einem großen Nagel an der mit Zeitungspapier verzierten Wand hing, bemerkte Mak Buruk einige Löcher in der Wand, die mit den Palmblattrippen eines Besens verstopft waren. Natürlich kümmerte es Mak Buruk nicht, daß die Palmblattrippen ganz kurz schienen. Im untersten Loch, drei Fuß von der Bücherkiste entfernt, steckte eine spannenlange Blattrippe. Mak Buruk zog sie heraus und spähte durch das Loch. Sie erblickte Zainab, die nur mit einem Büstenhalter bekleidet dalag.

Aha, also dies ist sein Geheimnis, meinte Mak Buruk zu sich selbst. Und gleichzeitig konnte sie auch begreifen, warum so viele Jungen sich gern bei Tompang aufhielten. Eines Nachmittags hatten sich fünf, sechs Jungen zu ihm gedrängt, nachdem Dalim ihnen etwas zugeflüstert hatte. Sukon, Baharum, Nasri, Menon, Sai Yong, Ranjit Singh und Aman waren in Tompangs Verschlag gerannt. Nun klärte sich das Rätsel allmählich auf. Mak Buruk geriet in Wut.

»Ein andermal laß gefälligst die Jungen nicht wieder hier herein! Jag sie weg!« knurrte sie, raffte die Sachen auf, die zusammengeknüllt auf dem Boden lagen, und knotete sie zu einem Bündel zusammen.

»Was ist, Mak Buruk? Wen soll ich wegjagen?« Tompang zeigte sich verblüfft.

»Die Jungen, die hier herauf kommen...«

»Aber die spielen doch mit mir.«

»So, die spielen? Die machen...«

Plötzlich ertönte Sirenengeheul. Mak Buruk zitterte am ganzen Körper. Sie ließ die Kleidungsstücke fallen, die sie in der Hand hielt und eilte rasch zu der Fensteröffnung, wo Tompang kopfschüttelnd seine Beine hinausstreckte. »Ich will nicht in den Schutzraum, Mak Buruk, laß mich hier! Ich will der Kolonne da zusehen...«

»Du bist ja verrückt! Mitten zwischen den Bomben willst du noch den Gefangenen zusehen. Ist dir dein Leben nicht lieb?« zankte Mak Buruk, während sie an Tompang zerrte, der sich an den Fensterriegeln festhielt. In diesem Augenblick erscholl Geschrei. Pausenlos schrien Mütter und Kinder, jüngere und ältere Geschwister aufeinander ein. Eilig drängten sich die Menschen in den Unterstand.

Danach bemerkte Mak Buruk Unruhe in der Reihe der Gefangenen am Flußufer. Die Männer stiebten auseinander, da jeder hastig einen Schutzraum suchte, wie sie ja den ganzen Fluß entlang zur Verfügung standen. Das Durcheinander verstärkte sich, weil die japanischen Wachtposten sich nicht für einen bestimmten Unterstand entschieden und scharfe, rauhe Befehle brüllten. Zehn, zwanzig Gefangene wollten an den kleinen Treppenstufen zum Fluß hinab Schutz suchen, weil sie keine Gelegenheit mehr fanden, einen Unterstand zu erreichen, doch sie wurden gezwungen, sich augenblicklich wieder zu erheben und einen Schutzraum aufzusuchen. Zwei von ihnen glitten aus und fielen in den Fluß, wo sie sich sogleich der Sachen zu entledigen suchten, die sie am Körper trugen, da sie fürchteten, sonst unterzugehen. Ein japanischer Soldat lief sofort zum Flußufer, drohte mit dem aufgepflanzten Bajonett und befahl den beiden Gefangenen, sofort herauszukommen. Die Sirene und die Attacke der Gefangenen hatten auch Irwan und Mulyadi erschreckt, die gerade dort hockten und mit den Händen den Kopf bedeckten.

Sie fürchteten, daß die plötzlich herabstürmenden Gefangenen ihnen auf den Schädel treten würden. Irwan sah sofort, wie die Bündel abtrieben, die die Gefangenen losgelassen hatten, und er wollte sich sogleich in das Wasser werfen, um sie zu greifen. Mulyadi hielt ihn rasch fest und zeigte nach oben, auf das Gewehr und das aufgepflanzte Bajonett, das sich auf die zwei weißen Gefangenen richtete, die gerade völlig durchnäßt die Treppenstufen am Flußufer wieder hinaufkletterten.

Tuminah kam herbeigerannt und hastete die Treppe zu Tompangs Verschlag hinauf, von Dalim gefolgt. Sie zuckte zusammen, als sie Mak Buruk sah, die Tompang fortzerrte, der sich noch fest an die Fensterriegel klammerte. »Ahmad Jani hat mir aufgetragen, Tompang zu holen...«, setzte Tuminah an und wurde sofort von Dalim unterbrochen: »Laß mich ihn hochheben!«

»Sei still und spiel dich nicht auf!« knurrte Mak Buruk und versuchte, Tompangs Hände zu lösen, die die Fensterriegel umklammerten. »Tompang, laß das sein! Laß mich und Tuminah dich forttragen! Wenn etwas passiert, müssen wir alle im Schutzraum sein. Hast du denn keine Angst vor denen da oben? Wenn die Bomben fallen, was ist dann, hä?«

»Sind schon lange keine Bomben hier gefallen«, murrte Tompang.

Mak Buruk blickte Tuminah an und gab ihr einen Wink, sie möge ihr helfen. Sie zerrten Tompang von der Fensteröffnung weg, und Mak Buruk nahm den Jungen mit dem großen Kopf, aber verkümmerten Füßen und Händen auf die Hüfte.

»Hier fallen keine Bomben, hier nicht!« kreischte Tompang und strampelte aus Leibeskräften mit den Beinen.

Mak Buruk stieg unsicher die Treppe hinunter, weil sie Mühe hatte, die Stufen zu finden, während sie Tompang im Gleichgewicht hielt, der nicht stillhalten wollte. Dalim drängte von hinten und hatte sich beide Zeigefinger in die Ohren gestopft. Beinahe wäre Tuminah gestürzt, weil sie gegen das zurückgelassene Kleiderbündel stieß. Als sie zur Tür hinaustrat, entdeckte sie Said Ayub, der gerade die Tür seiner Kammer verschloß. Tuminah wußte, daß Zainab darin blieb, die erst ein Jahr mit Said Ayub verheiratet war. »Einen herzlosen Mann hat sie...«, murmelte Tuminah, bevor sie Mak Buruk rufen hörte, sie solle augenblicklich in den Unterstand herunterkommen.

Giap Hong versetzte seinem kleinen Sohn ein paar Klapse, damit er still sein sollte, aber das Kind weinte weiter. Auf dem Rand der Bettstatt schluchzte Ling Po, seine Frau, schon eine halbe Stunde und zitterte vor Angst. Eigentlich hätten sie wie immer in den Unterstand eilen müssen, aber diesmal hatte Ling Po selbst etwas dagegen, weil sie sich maßlos fürchtete. Das Sirenengeheul war bereits verstummt, die B 24 und B 29 dröhnten über ihren Köpfen; es sei zwecklos, jetzt noch in den Schutzraum zu flüchten, dachte Giap Hong mit gemischten Gefühlen. Schon zwei Nächte litt Ling Po an Malariaanfällen, und Chinintabletten ließen sich nicht mehr leicht auftreiben. Glücklicherweise hatte er welche von Basir kaufen können, obgleich er einen ganzen Tag gebraucht hatte, um das Medikament zu besorgen.

Giap Hong wußte nicht, was er in dieser Notlage unternehmen sollte. Manchmal vergaß er die von den Bombern drohende Gefahr völlig. Das Weinen von Ling Po und seinem kleinen Sohn bildete einen Makrokosmos, der alle anderen Welten eliminierte. Er vergaß, daß die Reihe der elenden Behausungen, deren eine ihnen Schutz bot, leicht einstürzen und sie allesamt unter sich begraben konnte.

»Ich will wieder zurück nach Ipoh«, schluchzte Ling Po.

Giap Hong bemerkte, daß die Augen seiner Frau immer mehr anschwollen, weil sie die ganze Nacht hindurch unaufhörlich geweint hatte. Ihr ovales Gesicht begann zu welken, obwohl in ihren Lippen noch das rote Blut schimmerte. Ling Po trug einen Zopf, der ihren langen, noch weißen Nacken freiließ. Auch das hatte dazu beigetragen, daß er sich damals Ling Po angelte, dachte Giap Hong. Er drückte seine Frau an sich, strich ihr über's Haar, setzte sich dann neben sie und schaute ihr fest in die tränenerfüllten Augen.

»Jetzt können wir nicht zurück, Liebe«, redete Giap Hong ihr zu. »Jetzt ist Krieg...«

»Eben weil Krieg ist, will ich zurück!« erwiderte Ling

Po mit geschlossenen Augen und ließ die lange zurückgehaltenen Tränen fließen. »Eben deshalb will ich heim.«

Giap Hong spürte, wie ihm sein Gebiß im Mund wackelte. Er strich sich über seine kurzen, widerspenstigen Haare, als wolle er dort eine Antwort suchen. Dann preßte er die Lippen zusammen und holte tief Atem, was seine breite Brust sich noch ausdehnen ließ. Er bezwang seine Gemütsbewegung, seinen Schmerz.

»Ich hab' es dir doch schon gestern abend gesagt – nach dem Krieg, wenn der Krieg vorbei ist, kehren wir zurück«, sagte Giap Hong.

»Wer weiß, ob wir dann noch leben oder schon tot sind…«

»Wir werden leben, Ling Po. Ich, du und unser Kind werden leben. Und dann können wir alle drei nach Ipoh zurück. Jetzt … jetzt sollten wir nicht mehr an Ipoh denken.«

»Und an meine Tante soll ich auch nicht denken?« fragte Ling Po, ihrem Mann in die Augen blickend.

Giap Hong rieb sich mit der linken Hand die Augenlider und fühlte sich sehr beschämt. Verschiedene Farbstreifen flimmerten vor seinen Augen. Er merkte, wie sein Gebiß wiederum klapperte.

»Wenn nicht ich an meine Tante denke, wer soll sonst an sie denken?« fuhr Ling Po fort zu sprechen. »Vor zwei Monaten schrieb sie, daß sie krank war. Seitdem haben wir keine Nachricht mehr. Wenn ich nicht an sie denke, wer macht es denn?«

Giap Hong war außerstande zu antworten. Der Kummer ließ sich nicht mit einer immer wiederholten Ermahnung beschwichtigen. Er versuchte zu verstehen. Aber auch in ihm selbst tobte ein Widerstreit. Zwei tiefe Gegensätze in einem ganz anderen Konflikt brachten ihn dazu, manchmal zu sehr zu erschlaffen, zu schnell in Wut zu geraten, sich allzu rasch zu grämen, vorschnell Rache nehmen zu wollen.

Er wußte nicht, wann er seinen Haßgefühlen würde nachgeben können.

Es war Ling Po natürlich bekannt, daß beide Eltern von Giap Hong durch die Kriegsgreuel zu Tode gekommen waren, aber er hatte nicht erklärt, auf welch schreckliche Weise die zwei umkamen. Ling Po war zu leicht verletzlich, um alles zu erfahren. Besonders in der jetzigen Zeit brauchte sie nicht alles genau zu wissen. Vielleicht würde der Zeitpunkt kommen, vielleicht nach dem Krieg, nachdem er sich selbst gerächt hatte.

Er hatte einmal zwei Kameraden das Geheimnis seines Hasses anvertraut. Der sich ständig räuspernde Kam Seng wollte es auch sicher hüten. Der sechsundzwanzigjährige Tian Choh, elf Jahre jünger als Kam Seng, pfiff nur unbeschwert vor sich hin, als Giap Hong seinen Racheplan erklärte.

»Heißt das nicht, den Tod zu suchen?« hatte Kam Seng auf der auf und ab schaukelnden Barke gefragt.

»Ja, den Tod. Ich weiß es. Aber willst du dem Tod entgehen, indem du dich nicht rächst?« hielt Giap Hong dagegen.

Kam Seng sagte nichts mehr. Er klopfte Giap Hong auf dessen große, kräftige Schultern und blickte ihn mit absichtlich halb zugekniffenen Augen an. »Willst du dem Tod entgehen, indem du dich nicht rächst?« hörte er Giap Hong die Frage wiederholen.

»Ich warne dich nur. Schön – du willst dich rächen, aber es steht noch nicht fest, ob du den Schuldigen triffst. Und es ist auch noch nicht sicher, ob du ihn töten kannst. Möglicherweise bringt er dich um. Wen trifft dann das Unglück?« versuchte Kam Seng zu debattieren.

»Nicht den Schuldigen zu treffen, macht nichts. Hauptsache, er ist ein Japaner!«

»Aha, die Hauptsache, er ist ein Japaner, ist das so?«

»Ganz recht.«

»Sie sind alle bewaffnet. Hast du nicht daran gedacht?«

»Ich habe auch ein Haumesser...«

»Du hast ein Haumesser, aber er ein Gewehr. Denkst du nicht daran?«

»Du willst mich bloß von meinem Entschluß abbringen...«

»Nein. Ich will dich schützen. Wenn dir nichts geschieht, geschieht Ling Po auch nichts und deinem Kind ebenso«, erklärte Kam Seng.

Das Pfeifen der unablässig fallenden Bomben brachte Giap Hong zur Besinnung. Er saß noch an der Seite von Ling Po, und auf einmal begann sein Sohn heftig zu weinen. Die Erde bebte, bevor Giap Hong noch Gelegenheit fand, zu ihm hinzugehen und ihn mit seinem kräftigen Körper zu decken. Staub und Brocken von Abfall und Müll wirbelten durch dieses Beben hoch und fielen auf den Fußboden. Ling Po schrie auf: »Wir wollen zurück nach Ipoh, zurück nach Ipoh!«

Giap Hong hob sein weinendes Kind hoch, drückte sich eng an Ling Po, die auf dem Kissen neben ihm heftig schluchzte. Giap Hong achtete auf den noch umherwirbelnden Staub und wedelte weg, was sich davon auf den Kopf seiner Frau setzte. Er schüttelte auch den Mulm auf der Matte neben seiner Frau ab, nahm den Kain vom Rand der Bettstatt und breitete ihn aus, bevor er seinen noch immer weinenden Sohn darauf legte. »Stille erst das Kind!« bat er.

»Wir wollen zurück nach Ipoh!«

»Wenn der Krieg vorbei ist, Liebe, wenn der Krieg vorüber ist...«

»Jetzt! Jetzt...«

Giap Hong wußte, daß er in diesem Augenblick nichts mehr zu sagen brauchte. Er sah nach seinem noch weinenden Kind und versuchte, es mit leichten Klapsen zu beruhigen. Er schnalzte, aber es schien alles völlig vergeblich. Natürlich stimmte es: das Kind brauchte eben die Muttermilch, dachte Giap Hong.

Wann würde der Krieg wohl wirklich zu Ende sein? Giap Hong fragte es sich innerlich. Würde er am Leben bleiben?

Wenn er nicht umkam, dachte er, würde er den Tod seines Vaters nicht ungerächt lassen. Wenn er dabei den

Tod finden sollte, so war ja noch sein Sohn da. Vermutlich würde die Mutter ihn später über den Tod seines Vaters unterrichten, und der Junge würde dann selbst Rache nehmen. Alle Verbrechen mußten bestraft werden, schrie es in seinem Herzen.

Giap vergaß für einige Sekunden Ling Po, aber als er bemerkte, daß die Liege erzitterte, auf die er sein Kind gelegt hatte, richtete er seinen Blick auf Ling Po. Bestürzt sah er, wie es seine Frau aufs heftigste schüttelte. In diesen unheildrohenden Augenblicken hatte sie einen Malariaanfall! Giap Hong ließ seinen Sohn sogleich allein und eilte zum Küchenschrank, dessen Drahtwand weit offen stand, um den Rest der Chinintabletten zu holen. Es war nur noch eine übrig. Er goß Wasser aus einer Flasche ein, brachte es Ling Po.

»Schluck das!« befahl er.

»Wir wollen zurück nach Ipoh...«

»Du bist krank. Trink erst mal und nimm die Tablette!« ordnete Giap Hong mit gebieterischer Stimme an.

Ling Po trank, wobei ihre Hände und der ganze Körper zitterten. Giap Hong beobachtete, wie das Wasser durch die Kehle seiner Frau rann. Er nahm sie hoch und bettete sie neben dem Kind auf die Matte. Dann hob er das Kind auf die Ruhebank, wo er es zuvor schlafen gelegt hatte. Er suchte eine Decke, brachte sie herbei und deckte seine Frau damit zu. »Schlaf, Liebe!« sagte er mit tröstender Stimme.

»Gehen wir nach Ipoh?«

»Schlaf erst mal!«

Ungefähr zehn Minuten später ertönte das Entwarnungssignal der Sirene. Giap Hong fühlte sich erleichtert und hörte das Stimmengewirr der Menschen, die der Todesgefahr entronnen waren, wenigstens für weitere drei, vier Stunden, bevor der nächste Luftangriff folgte.

Giap Hong verjagte die Mücken von der Stirn seines Kindes, die es belästigten, als Kam Seng in die Kammer hereingestürmt kam. Er keuchte vor Unruhe. »Warum hast du das gemacht, hä?« Seine Stimme klang zornig. »Hast du es darauf abgesehen umzukommen?«

Giap Hong begriff. »Ich hatte keine Gelegenheit. Ling Po hat Fieber. Wer will sterben, wenn er die Wahl hat?« Und bevor er weitersprach, hörte er seine Frau im Schlaf flüstern: »Ipoh… wir gehen nach Ipoh«. Giap Hong sah Kam Seng an, der sich offensichtlich schuldig fühlte, weil er, ohne sich vorher zu erkundigen, heftig geworden war. Dann schüttelte Giap Hong den Kopf. »Geh du jetzt allein zur Arbeit, ich kann nicht. Sag Kwan Kee Bescheid!« sagte er und trat zu seiner Frau, während er sich wieder seine Augenlider rieb.

Kam Seng blieb einige Augenblicke stehen, bevor er sich nach Kallang begab, um dort Waren aus einer Barke auszuladen.

Mulyadi verscheuchte die Fliegen, die sich pausenlos auf den schlimmen, eiternden Geschwüren am linken Fußknöchel und am rechten Knie niederließen. An diesem Nachmittag wußte er nicht, womit er seine Eiterbeulen noch zudecken sollte. Ein verschlissener Kain und Baumwolle, die schon länger als eine Woche darauf klebten, waren abgefallen, als er und Irwan schwimmend den Bündeln mit dem Beutel nachjagten, den die Gefangenen drei Stunden vorher zurückgelassen hatten. Eigentlich hätte er da abwarten sollen, denn Irwan hatte selbst die Arbeit verteilt – alles Eßbare, das man aus dem Fluß fischen konnte, wollte er selbst herausholen; um alles an Land Erreichbare sollte sich Mulyadi kümmern. Aber Mulyadi hatte nicht genug Geduld aufgebracht. Tatsächlich konnte Irwan nicht so gut schwimmen, außerdem hatte er es gerade erst gelernt, als er sein Leben vom Fluß abhängig machte. Mulyadi selbst war schon seit seiner Schulzeit ein leidenschaftlicher Schwimmer. Darum stürzte er sich dennoch ins Wasser, als die Sirene das Entwarnungszeichen gab, und vergaß, daß er zwei große Geschwüre an den Beinen hatte, die schon fast vier Monate lang nicht heilten.

Irwan neben ihm zitterte noch immer. Nicht nur vor Erschöpfung wegen der Jagd auf die Bündel im Fluß, sondern weil das, was er selbst erlebt hatte, ihn an allen Gliedern unaufhörlich schaudern ließ. Er ertrug es nicht, auch nur daran zurückzudenken. Wiederholt hatte Mulyadi ihm geboten, alles Geschehene zu vergessen. »Ich kann nicht vergessen«, sagte er.

»Wenn du nicht vergessen kannst, kannst du auch nicht schlafen«, erklärte Mulyadi.

Er rieb die Ränder seiner Geschwüre, weil er ein

schmerzendes Klopfen darin spürte. Dann blickte er auf die Beulen selbst, die sich schon etwa einen halben Zoll tief eingefressen und vergrößert hatten. Darin vermischten sich Blut, Eiter, verfaultes Fleisch und alle Arten von Schmutz. Er wagte es nicht, an einem Stückchen trockenen Gras zu ziehen, das in dem Geschwür steckte. Und er konnte den Schmerz nicht länger ertragen; schon als er am Rand der Beulen kratzte, traten ihm bereits die Tränen in die Augen. »Au, aua…« stöhnte er zusammenschauernd.

Irwan wischte sich mit seinem verschlissenen, schmutzigen Kain über die schweißnasse Stirn. Sie war geschwärzt, vielleicht von Öl, vielleicht auch von Holzkohle. Irwan wollte sie nur abtrocknen und wenn möglich auch sein noch heftig schlagendes Herz beruhigen. Er sah Mulyadi an, der wieder auf seine Geschwülste starrte. Deren Gestank reizte Nase und Kehle überaus heftig, aber die zwei hatten sich vollkommen daran gewöhnt, und es machte ihnen nichts mehr aus. »Versuch, es zu vergessen«, ermahnte ihn Mulyadi wieder, als er bemerkte, daß Irwan ihn beobachtete. Irwan nickte mehrmals.

Während sie dasaßen und auf die geöffneten Bündel schauten, stand Irwan wiederum das Geschehen vor Augen, als er dem treibenden Beutel nachschwamm und danach griff. Sobald der Entwarnungston erscholl, sprang er ins Wasser und verfolgte die Bündel. Er war kaum ein Stück geschwommen, als er bemerkte, daß Mulyadi schnell ihm hinterherschwamm. Er verlangte, daß Mulyadi wieder zum Ufer zurückkehrte, und warnte ihn wegen der Geschwüre an seinen Beinen. Doch Mulyadi glaubte nicht, daß Irwan alle beide treibenden Bündel erwischen könne, und kümmerte sich nicht darum. Schließlich fing jeder von ihnen ein Bündel ein.

Als sie zurückschwammen, sahen sie einen weißen Gefangenen, der erschöpft am Flußufer entlang trottete und auf sie deutete. Der Weiße rief etwas und achtete nicht auf seine anderen Kameraden, die sich wieder zu einer Reihe formierten, um ihren Marsch fortzusetzen. Ein japanischer Soldat, der den Gefangenen laufen sah, schrie einen Befehl stehenzubleiben, doch der Gefangene versuchte, ganz schnell die Stufen zum Fluß hinunterzusteigen. Ein Schuß knallte, der abgemagerte großgewachsene Gefangene mit einer Halbglatze stürzte kopfüber ins Wasser. Die übrigen Gefangenen gerieten in Aufregung und wollten auseinander laufen, aber einige Schüsse, die die japanischen Wachtposten in die Luft feuerten, brachten sie wieder zur Ruhe. Der in den Fluß gefallene Gefangene rührte sich danach nicht mehr. Sein Körper trieb an die Wasseroberfläche, und hinten am Hals quoll Blut heraus, das sich mit dem dunklen Wasser des Flusses voller Unrat vermischte.

»Irwan, das war nicht deine Schuld«, meinte Mulyadi, der den in seine Gedanken versunkenen Kameraden beobachtete. »Er hat die Bündel losgelassen, und wir haben sie uns geholt. Und nicht wir haben geschossen, nicht wir haben ihn umgebracht. Nicht du hast ihn getötet; das war der japanische Soldat.«

»Aber geschah es denn nicht auch wegen der Bündel?« erwiderte Irwan, nachdem ihm bewußt wurde, daß sein Kamerad ihm zuredete.

»Ja, wegen der Bündel. Aber das war nur der Anlaß. Umgebracht hast nicht du ihn, nicht ich und nicht die Bündel. Umgebracht hat ihn der japanische Soldat. Wie oft soll ich dir das erklären?« brummte Mulyadi mit einer heiser klingenden Stimme.

Irwan antwortete nicht. Er sah seinen fünf Jahre älteren Kameraden an. In den sechs Monaten, die sie zusammen am Flußufer, in der Moschee und am Rand des Friedhofs verbracht hatten, hatte er seinen Kameraden noch nie so genau betrachtet. Jetzt saß Mulyadi vor ihm. Er umfaßte ihn mit einem Blick. Mulyadi war offensichtlich weit magerer als in den ersten Tagen ihrer Begegnung, nachdem die japanischen LKW sie einfach am Straßenrand zurückgelassen hatten, weil sie beide einen Malariaanfall erlitten. Mulyadis große Augen lagen tiefer in ihren Höhlen. Seine flache Nase hatte sich nicht verändert, außer daß sie eine dunklere Farbe wegen der ständigen Sonnenstrahlung angenommen hatte. Sein Mund war groß und seine Lippen breit, seine Haare schmutzverschmiert und noch naß. Sie fielen ihm bis auf die Schultern. Sie hatten beide allzu viel gelitten, dachte Irwan.

Und er selbst, wie sah er wohl jetzt aus, so fragte er sich. Er hatte keinen Spiegel mehr in der Hand gehabt, um sein eigenes Gesicht zu betrachten. Nur einmal hatte er eine Spiegelscherbe gefunden, die nicht einmal zwei Finger breit war. Darin konnte er einen Teil seines Gesichts sehen, und damals fürchtete er sich selbst davor, sein ganzes Antlitz im Spiegel zu betrachten. Jetzt sah es bestimmt noch viel schlimmer aus, meinte er. Soweit er sich erinnerte, hatte es eine ovale Form mit kleinen Augen, und sein rechtes Ohr war etwas umgestülpt (das allerdings schon seit seiner Geburt). Er hatte einen untersetzten Körperbau gehabt, aber nun konnte man die Schulterknochen und die Rippen zählen. Auch seine Kniescheiben standen deutlich hervor. Früher besaß er feines gewelltes Haar, und nun sah es wirr aus und hätte sich wahrscheinlich nur mit Mühe kämmen lassen.

In dieser Stille weinte Irwan. Er erinnerte sich an das Leben mit seinen sechs Geschwistern. Die Mutter mußte allein für den Unterhalt sorgen. Er war der Älteste. Seinen Vater hatten zuvor die Japaner aufgegriffen und wer weiß wohin verschleppt. Und nun befand sich Irwan in einem Zustand, den man eigentlich schon als halbtot bezeichnen konnte, zusammen mit dem aus Semarang stammenden Mulyadi. Irwan schluchzte.

»Wie oft soll ich dir noch sagen, es ist nicht deine Schuld! Warum heulst du immer noch? Sie haben uns deportiert, und wir haben genug geheult. Jetzt wollen wir weiterleben«, erklärte Mulyadi und bedeckte die Geschwulst an seinem Fußknöchel mit der linken

Hand, während er mit der rechten die immer zahlreicheren Fliegen fortscheuchte.

»Ich denke nach, Mulyadi...«

»Wie... wie lange willst du noch nachdenken? Er ist tot, nicht? Und nicht wir haben ihn erschossen, stimmt's?«

»Das ist's ja nicht...«

»Das ist es nicht?«

»Nein, das ist es nicht. Ich denke an meine sechs Geschwister in Pekalongan. Und wie sie leben. Meine Mutter ist doch außerstande, sie sattzukriegen«, erläuterte Irwan.

»Nun laß mal, Irwan! Denk nicht zu viel nach. Wir können ja nicht ständig mit unseren Erinnerungen leben, das weißt du doch. Wenn wir nicht selber in den Fluß springen, nach schlechtem Gemüse, verdorbenem Fleisch oder sonst etwas suchen, was man herunterschlucken kann, wären wir schon lange tot. Ist dir doch bekannt, nicht?« sagte Mulyadi.

Irwan nickte.

»Sieh doch mich an! Denkst du, es geht mir nicht schlecht? Glaubst du, daß es mir nicht genauso geht wie dir? Denkst du, daß es mich nicht kümmert, daß ich eine Frau und zwei Kinder in Semarang gelassen habe? Ich habe Kummer, es geht mir schlecht, ich überlege, ich denke an sie, aber was kann man denn jetzt noch machen? Sie dort sind vielleicht vom Tod bedroht, und ich hier auch. Alle sind jetzt vom Tod bedroht. Wir müssen jeder damit fertig werden«, stellte Mulyadi fest, und seine Stimme wurde von Satz zu Satz durchdringender.

Er sah Irwan an, der seine Stirn auf die beiden Knie lehnte. Mit der Hand zerwühlte Irwan das Haar. Er schien nicht hören zu wollen, was ihm sein Kamerad darlegte. Er weilte noch in seiner eigenen Welt.

»Komm, Irwan, wir gehen zum Friedhof. Ich hab' da was, was ich mit dir bereden will«, forderte Mulyadi ihn auf. Mühsam erhob er sich, bewegte die Beine, um die Fliegen zu verscheuchen, beugte sich nochmals herab und hob den aus dem Fluß gefischten Beutel hoch, ebenso die Blechbüchse und den Korb, die er bei sich trug, wohin er auch ging.

Irwan stand ebenfalls langsam auf. Da es ihm schwer fiel, den Beutel zu nehmen, der sein Herz so beschwerte, wollte er sogleich losgehen. »Da, der Beutel!« erinnerte Mulyadi ihn. Irwan wandte sich um, nahm ihn ziemlich lustlos, bevor er ging. Die beiden wanderten am Flußufer entlang, durch die Lücken der umgestürzten Holzbohlen. Hin und wieder mußten sie auf die Balken hinaufsteigen, um zu vermeiden, daß sie über die Unterstände liefen. Am anderen Ufer sahen sie einige Kinder, die zu ihnen herüberschauten, einige hin und her hüpfend, einige spottend, und die dann zum Schwimmen in den Fluß sprangen. Mulyadi blickte zu dem Schuppen, bei dem Kinder spielten. Er hatte einmal Kinder dabei beobachtet, wie sie tiefgebückt an der Wand des Schuppens zerrten, wobei sie halb argwöhnische, halb dreiste Augen machten. Obwohl das Wrack des LKW, das schon längere Zeit im Schlamm versunken war, dazu noch Tjeri-Bäume und dichtes, aus den Ritzen der Balken wachsendes Alang-alang-Gras die Kinder verbergen konnten, die sich auf diese unglückselige Weise bemühten, etwas Eßbares zu finden, wußte Mulyadi doch, daß sie täglich dort einbrachen. »Irwan«, rief er seinem hinter ihm gehenden Kameraden zu, »es kommt noch die Zeit, wo wir auch in den Schuppen da gehen. Wir dürfen nicht bloß das verdorbene Zeug aus dem Fluß essen«, fügte er hinzu, während er zu dem hohen Gerüst blickte, von dem aus die japanischen Soldaten die Umgebung abspähten, mit Ausnahme der Wand unten, wo die Kinder spielten.

Die beiden beklagenswerten Kameraden schritten langsam auf den Friedhof hinter der Moschee zu, wo sie ihre Sachen aufbewahrten, sich ausruhten und allnächtlich schliefen. »Komm, Irwan, los, beeil dich, zum Friedhof!« wiederholte Mulyadi.

Die Kammer war ziemlich sauber. In einem Teil gab es eine Ruhebank, im anderen den bloßen Fußboden. Den Teil mit der Bank trennte ein Vorhang ab, und über diesem trockneten noch baumwollene Kain und Tücher, auch einfache Langblusen. Beinahe an der Tür lag eine dünne, noch zusammengerollte Matratze, und auf dieser waren zwei Kissen drapiert. Zwischen der Ruhebank und der Matratze lag eine eingerissene Kautschukmatte ausgebreitet, auf der ein langer, niedriger

Tisch stand. Neben der Matratze befand sich ein weiterer Vorhang, der noch nicht aufgezogen war.

Ganz nahe an der Fensteröffnung standen auch übereinander gestapelt Blechbüchsen. Die Wand bestand aus zerbrochenen Brettern, aber sorgfältig mit gelbem, vollkommen eingetrocknetem Papier beklebt. An diese Wand stieß der Verschlag Tompangs. Und dieser Bewohner verhielt sich recht unauffällig, anders als der an der linken Kammerwand. Said Ayub mußte dort laut rufen, wenn seine Ruhe gestört wurde, aber niemals nach rechts hin, weil er wußte, wenn es doch einmal Ärger gab, daß Tompang gerade mit Simah spielte.

An diesem Spätnachmittag fühlte sich Said Ayub zufrieden, weil ihn bei seiner Heimkehr Karim nicht an der Tür erwartete. Er vermißte nichts, wenn sein Neffe nicht anwesend war, sondern er fand es im Gegenteil manchmal noch angenehmer, wenn Karim nicht heimkam. Er hielt sich schon eine halbe Stunde in dem Raum auf, hatte Hefebrot gegessen, ein großes Glas frisches Wasser getrunken und eine Zigarette geraucht, und Karim kehrte noch immer nicht zurück. Schön, schön, flüsterte er innerlich.

Said Ayub blickte auf seine Frau, die wie krank und beschränkt am Ende der Bettstatt saß. Er mochte Zainab so. Sie pflegte erst zu antworten, nachdem sie gefragt worden war. Zainab veränderte sich auch nicht sehr, und das gefiel ihm ebenfalls. Verglichen mit ihm, dem Graukopf mit Schnurr- und Kinnbart, war Zainab außerordentlich klein. Ihre kurze, aber scharfgeschnittene Nase hatte es ihm besonders angetan. Zainab besaß eine ziemlich weiße, bleiche Haut, und ohne erst hinsehen zu müssen, wußte Said Ayub, daß mitten auf dem Nacken seiner Frau ein Muttermal saß, so groß wie die Spitze einer grünen Chilischote. Als etwas besonders Schätzenswertes galten ihm Zainabs Brüste. Im Vergleich zu ihrem Körper schienen sie zu schwer. Dort barg er sein Gesicht, besonders seine Nase, dachte Said Ayub lächelnd.

»Hat dich heute niemand belästigt?« fragte er, während er sich über seine faltigen Wangen strich.

Zainab antwortete nicht, sie schüttelte nur den Kopf.

»Hat niemand angeklopft?«

»Niemand.«

»Wirklich nicht?«

»Nein, Mama...«

»Wie oft habe ich dir schon gesagt, du sollst mich nicht Mama, sondern Nana nennen!« verwarnte Said Ayub sie.

»Niemand hat angeklopft, Nana«, korrigierte Zainab ihren Irrtum.

Said Ayub fühlte sich erleichtert; er blickte sich in der Kammer um, als suche er etwas Verborgenes. Er drehte sich um, sah aber auch nur sein eigenes Abbild neben Zainab an der Wand. Er lächelte.

»Ist noch nichts passiert?« erkundigte er sich, nachdem er Zainabs Nase ganz genau betrachtet hatte.

»Was meinst du, Nana?«

»Deine Regel ist nicht gekommen?«

»Oh...«

»Noch nicht wieder?«

Zainab schüttelte den Kopf, und Said Ayub lächelte.

»Weißt du, wie lange wir schon verheiratet sind?« fragte er dann.

»Ein Jahr«, erwiderte Zainab kurz.

»Ein Jahr und einen Monat; kannst du nicht rechnen?«

Zainab schüttelte den Kopf.

»Erst jetzt können wir jubilieren.« Said Ayub rieb sich den Kinnbart. »Die Leute passen auf, nicht? Jetzt wissen sie es. Sie dachten, ein alter Mann von zweiundfünfzig Jahren wie ich kann nicht mehr...« Er hielt inne, lächelte und beobachtete unzufrieden, wie Zainab den Kopf senkte und ihr Haar halb über's Gesicht fallen ließ.

»Zainab!« rief er aus.

»Ja?«

»Sieh mich an! Ich rede nämlich mit dir! Sieh mich an!« befahl Said Ayub.

Zainab schaute ihn an, nachdem sie das Haar beiseitegeschoben hatte, das die linke Hälfte ihres ovalen Gesichts verdeckte. Sie sah, daß Said Ayub sein zerlöchertes Trikothemd ausgezogen hatte. Die überaus gebogene Nase ihres Mannes erschreckte sie, weil seine großen Augen mit den schon ergrauten Brauen sich noch tiefer eingesunken zeigten. Direkt in die Pupillen wagte sie ihm nicht zu sehen. Dann wanderte ihr Blick hinunter zu seinem Bauch, der unübersehbar faltig herabhing, mit Brusthaaren bis zum Nabel und noch weiter hinunterreichend.

»Sieh mich an, Zainab!« hörte sie die Stimme ihres Mannes. Sie blickte halbwegs gefaßt in dessen tiefliegende Augen. »Du möchtest, daß es so bleibt, nicht?« fuhr ihr Mann fort.

Zainab nickte gezwungenermaßen. Sie wollte den Kopf senken, aber ihr fiel ein, daß Said Ayub sie geheißen hatte, ihn anzusehen. Er schaute sie verliebt an. Zainab wußte es, und gerade deshalb machte es sie nervös.

»Ich habe schon einen Namen ausgesucht«, erklärte Said Ayub.

Zainab sagte gar nichts, was Said Ayub veranlaßte zu wiederholen: »Ich sagte: ich habe schon einen Namen ausgesucht.«

»Hmmm.«

»Wenn es ein Mädchen ist, Zuleika, und wenn es ein Junge ist, Mochtarudin«, erläuterte Said Ayub. »Aber ich möchte Mochtarudin zuerst. Was denkst du, wer zuerst kommt?«

»Ich weiß nicht, Nana...«

»Was denkst du, sagte ich, was denkst du?«

»Ich nehme es, wie es kommt...«

»Ich möchte wissen, ob du denkst, daß es eine Zuleika wird oder ein Mochtarudin?« gab sich Said Ayub noch nicht zufrieden.

»Mochtarudin.«

»Schön, schön.«

Said Ayub schaute sich wieder um, und sein Blick blieb an der dünnen, noch zusammengerollten Matratze hängen. Dann bemerkte er den noch nicht aufgezogenen Vorhang. Er blickte Zainab an und verwarnte sie: »Ein andermal laß die Matratze nicht dort! Wenn es schon Morgen ist, sag Karim, er soll sie draußen hinlegen. Er ist kein Kind mehr. Du bist siebzehn, er achtzehn; es ist nicht mehr passend, wenn sie in der Kammer liegt. Das nächste Mal wirfst du sie hinaus, verstanden?«

»Ja, Mama ... oh! Ja, Nana«, stotterte Zainab.

Es paßte Said Ayub natürlich nicht, daß Karim auch in der Kammer schlafen mußte, nur durch einen wenn auch dicken Vorhang getrennt, der viele Löcher aufwies. Schon zweimal hatte er darauf gedrungen, daß Karim draußen schlief. Aber wo sollte er letztlich schlafen, wenn doch draußen die Leute vorübergingen? Eines Tages mußte er von seinem Neffen fordern, draußen zu schlafen, dachte Said Ayub, denn wenn dieser auch einen guten Eindruck machte, wer konnte ihm denn vertrauen?

Es befriedigte Said Ayub auch, daß er seinem Neffen tagsüber Arbeit besorgt hatte. Wenn dieser am Tag Eis verkaufte, so hinderte dies Karim zumindest daran, im Haus zu sein, wenn er – Said Ayub – auf der Sungai Road Waren verkaufte. Zur Abendzeit aber schätzte Said Ayub tatsächlich das Sirenengeheul, damit er ihn schleunigst in den schützenden Unterstand schicken konnte. Wenn Karim wieder herauskam, war die Kammertür manchmal bereits verschlossen, so daß Karim im Schutzraum schlafen mußte.

»Ist Karim noch nicht wiedergekommen?« fragte Said Ayub unvermittelt.

»Noch nicht.«

»Schön, wenn er nicht kommt. Je älter, desto verschlagener«, murrte Said Ayub. Er stand auf und ging zur Fensteröffnung, um hinauszuschauen. Die Dämmerung fiel schon ein, und bald würde das Dunkel der Nacht alles zudecken. Said Ayub sah zu dem hölzernen Turm hin, auf dem die japanischen Soldaten Wache hielten, und blickte dann hinunter auf den schmalen Weg zwischen Gebüsch, Bohlen und der Wand des Vorratsschuppens, wo an einigen Stellen Tjeri-Bäume wuchsen. Er öffnete sofort weit die Augen, als er eine Frau schnell dahineilen sah, die sich mehrmals argwöhnisch umblickte. Er konnte es nicht genau feststellen, aber der schwarzen oder blauen Jacke nach zu urteilen, war das bestimmt niemand anders als Salimah. Said Ayub versuchte nochmals, seine Augen aufzureißen; er wollte die Gestalt sehen, die das Blattwerk der Tjeri-Bäume schon verbarg.

Wenn es sich tatsächlich um Salimah handelte, wohin wollte sie wohl? fragte sich Said Ayub. Der Weg da war eine Sackgasse; höchstens, daß sie durch die kleine, mit einem Vorhängeschloß versehene Tür in den scharfbewachten Vorratsschuppen eindringen wollte. Auf einmal überfiel ihn die Eifersucht, und Verliebtheit wallte in ihm auf. Er blickte zu dem vielfarbigen Himmel auf, an dem einige Vögel sich tummelten, bevor das nächtliche Dunkel sie verschluckte. »Zainab!« sagte Said Ayub, nachdem er zwei-, dreimal überlegt hatte, ob es nicht doch Salimah gewesen war, die er hatte hinter den Tjeri-Bäumen verschwinden sehen.

»Ja, Nana?« antwortete Zainab und biß sich auf die schon lange nicht geschminkten Lippen.

»Sieh nach der Tür, ist sie schon verschlossen oder noch nicht?« meinte Said Ayub und sah dann Karim eilig auf das Haus zu kommen. »Schließ schnell zu! Und sei ganz still! Laß ihn denken, daß ich nicht in der Kammer bin!«

3

Noch immer sah man einige Leute auf der Straße neben der Schule in Richtung nach Kallang laufen, von wo die unaufhörlichen Detonationen der Bomben und Granaten zu vernehmen waren. Die Menge wollte dorthin und sich das Schauspiel ansehen, und eben die Menge, unter die sich auch Fahrzeuge mischten, erfüllte die gewöhnlich verlassen daliegende Hauptstraße. Seit halb drei nachmittags hatten gewaltige Explosionen und Erschütterungen nicht nur unter den Menschen am Flußufer, sondern auch in den umliegenden Gebieten Verwirrung bewirkt. Das schon eine Stunde währende Krachen stachelte die Neugierigen immer mehr an.

Eigentlich hätte es sie dazu bewegen müssen, sich zu fürchten und die Häuser nicht zu verlassen. Aber diesmal verhielt es sich doch ziemlich anders. Die von Mund zu Mund fliegende Kunde machte die an den Flußufern Hausenden neugierig darauf, herauszubekommen, ob es stimmte, was da gerade geschehen sollte. Giap Hong erfuhr von Susay das Gerücht, daß das Munitionsdepot in der Lorong-Straße 21 in die Luft geflogen sei. Susay selbst hatte die Nachricht von einem aus Kallang Flüchtenden gehört. Ahmad Jani wiederum hörte von Mak Buruk die Neuigkeit, daß die Japaner vorsätzlich ihr Munitionslager gesprengt hätten, weil sie unmittelbar vor ihrer Niederlage stünden. Ahmad Jani wußte nicht, woher Mak Buruk diesen Bericht vernommen hatte. In der Tat behauptete man dies und jenes über das Depot. Kuldip Singh verbreitete die Kunde, es liege in der Lorong-Straße 17. Said Ayub schüttelte ungläubig den Kopf. Das Munitionslager befinde sich bestimmt auf dem Airport Kallang, sagte er. Wer recht hatte und wer unrecht, spielte schließlich keine Rolle mehr. Die verschiedenen Nachrichten verbreiteten sich weiter und ließen das Ereignis der beinahe länger als eine Stunde währenden Explosionen von Bomben und Granaten noch verwirrender erscheinen.

Dalim und Sukon hatten, nur mit kurzen Hosen bekleidet, den Fluß schon überquert. Hand in Hand stiegen sie die kleinen Treppenstufen am Flußufer hinan. Dann halfen sie sich gegenseitig, sich durch die Lücken und über die Unterstände und die Bohlen dort hinweg den Weg zu bahnen. »Wir gehen hin, uns das ansehen«, schlug Dalim vor. Nasir und Aman, sogar die bezopfte Simah wollten mitkommen, wurden aber abgewiesen. »Nur Sukon soll mit mir gehen«, sagte Dalim. In dem allgemeinen Durcheinander konnte Dalim von seiner großen Schwester Tuminah loskommen und auch seinen Kameraden Sukon aufspüren. Nun liefen beide zaghaft zwischen den Leuten, die von diesem Marsch kamen und hörten eine Warnung: »He, Jungs, geht nicht weiter!« Dalim entdeckte Irwan in einem zerrissenen Hemd und einer kurzen, hinten zerfetzten Hose, der ihn angesprochen hatte. »Sei du still!« knurrte er. »Geh Frösche suchen!« fügte er noch hinzu. Irwan antwortete nicht. Er hob eine runde Blechbüchse mit Henkel hoch, in der sich Frösche befanden, die er zufällig gerade erst gefangen und gesäubert hatte, um sie zum Friedhof mitzunehmen, wo Mulyadi schon wartete. »Geh nur weiter Frösche suchen!« hörte Irwan wiederum Dalims Stimme, obwohl sich der Junge doch schon elf, zwölf Ellen weit weg von ihm befand.

Ahmad Jani kam aus dem Unterstand heraus und strich über seine kurzen, stachligen Haare. Die seinem Onkel Amin gehörende weiße Kappe hielt er in der Hand und schlug damit gegen sein rechtes Ohr, auf dem ein mit langen Haaren bewachsenes Muttermal saß. Dort schwärmten die Fliegen. Prüfend beobachtete er die Leute, die am anderen Flußufer hin und her liefen. Einige rannten und wurden von Leuten mit Getränkekarren, Fahrrädern und Handwagen zurechtgewiesen. Natürlich sausten auch viele Kinder umher und drängten sich planlos dazwischen, aber Ahmad Jani konnte nicht ausmachen, welches nun Dalim war. Der Junge war seiner Hand entglitten, und erst in der allerletzten Zeit achtete er wieder auf ihn, nachdem ihm eine Frau zugeredet hatte, mit der er heimlich Kontakt pflegte.

Ahmad Jani hustete, kroch mühsam aus dem Schutzraum und erhob sich dann keuchend. Er sah nur Sakinah, die Mak Buruk an der Hand führte, und neben ihr Econ. Basir saß sichtlich friedlich auf der Bank unter dem Tjeri-Baum gegenüber Susays Kammer und spitzte mit seinem gebogenen Messer Holz zu. Er blickte nach oben, zu den Soldaten, die auf dem Turm Wache hielten. Weder Sukon, den er suchte, noch Dalim, der sich jetzt mit diesem angefreundet hatte, waren da. Ein solches Durcheinander bot eine gute Gelegenheit, den Spalt in der Wand des Vorratsschuppens zu vergrößern, sagte er sich.

»Siehst du Sukon, Basir?« wurde er plötzlich gefragt.

Basir sah Ahmad Jani noch keuchend vor sich. Susay kam aus seiner Kammer und sah verblüfft, daß Ahmad Jani draußen stand. Wozu hat er den Unterstand? fragte er sich innerlich, bevor er sich an Ahmad Jani wandte. »Ich suche ja Sukon«, erwiderte dieser. Die Antwort kam Susay und Basir sonderbar vor. Bisher schien Sukon gar keinen Vater zu besitzen. Er wuchs eigentlich mehr von selber auf, indem er im Fluß nach Eßbarem jagte oder von den Leuten aus Mitleid etwas bekam. Daher hatte Basir ihn auch an sich gezogen, um einen Plan zu entwerfen, wie man in den Vorratsschuppen am Fluß hineingelangen konnte.

»Und Dalim? Dalim siehst du auch nicht?« fragte Ahmad Jani wiederum. »Er müßte mit Dalim zusammen sein...«

»Ich suche ja auch«, erwiderte Basir.

Ahmad Jani fühlte sich beunruhigt. Er ging langsam weiter, und bevor er wieder in den Unterstand stieg, traf er auf Tuminah. Ihre spöttisch gekräuselten Lippen zitterten sichtlich vor Unruhe. »Habt Ihr Dalim gesehen?« erkundigte sie sich. »Ich suche auch nach Sukon«, erwiderte Ahmad Jani.

»He, warum kommt Ihr heute plötzlich heraus?« fragte Tuminah, der klar wurde, daß da etwas Ungewöhnliches geschah. Ahmad Jani hielt sich ständig im Schutzraum auf und verließ ihn nur nachts. Man wußte nicht, ob er auf Lebensmittelsuche ging oder was er sonst suchte. (Früher hatte er sein Geld als Schneider verdient, kümmerte sich aber nicht mehr um seine Arbeit.) Wegen des Kriegszustands, in dem sich die Probleme der Nahrungsbeschaffung ständig verschärften, ob nun nachts oder tagsüber, achtete man darauf nicht besonders.

»Ich will Sukon suchen«, erklärte Ahmad Jani, der selbstverständlich merkte, daß er etwas ziemlich Sonderbares tat. Er beobachtete die rundliche Tuminah mit der Narbe unter dem Kinn, um herauszufinden, ob Tuminah sich verwunderte oder nicht.

»Warum vergrabt Ihr Euch eigentlich so begeistert da unten im Unterstand? Kriegt Ihr da überhaupt Luft?« fragte Tuminah, mehrmals mit ihren großen Augen zwinkernd – eine Eigenheit von ihr bei der Unterhaltung.

»Da unten ist es sicher«, brummte Ahmad Jani und setzte seine weiße Kappe wieder auf den Kopf. Unvermittelt sah er viel älter aus, als es seinem wahren Alter von sechsunddreißig Jahren entsprach.

»Die Leute gehen zwar in den Unterstand, wenn die Sirene heult«, meinte Tuminah kühn und ohne zu zögern, weil sie schon mit Manisah, Ahmad Janis Frau, die man entführt hatte, vertraut gewesen war. »Aber die Leute haben ein Haus. Ihr habt auch ein Haus. Habt Ihr absichtlich gerade Tompang den Verschlag überlassen?«

»Nein.«

»Ja, aber warum dann...«

»Mir gefällt es im Unterstand.«

»Die anderen gehen ja auch hinein. Aber wenn es keinen Luftangriff gibt, gehen sie wieder in ihre Häuser«, meinte Tuminah und beobachtete Mak Buruk, die sich gerade mit Giap Hong unterhielt und mit der Hand dahin und dorthin deutete, nicht weit von ihr entfernt.

»Du bist Sukon nicht begegnet?« Ahmad Jani versuchte, das aufgeworfene Thema zu wechseln.

»Ich hab's doch schon gesagt. Hab' ihn nicht gesehen. Ich suche ihn auch... He, aber warum weicht Ihr denn meiner ersten Frage aus? Warum geht Ihr nicht wieder in Eure eigene Kammer? Ihr könnt doch Tompang nicht die ganze Zeit dort sitzen lassen. Und Sukon darf auch nicht einfach allein schlafen«, sagte Tuminah und strich sich über ihr langes Haar, das sich um die linke Halsseite ringelte.

»Ich will schon mal gehen. Wenn du Sukon begegnest, sag ihm, daß ich ihn suche«, erklärte Ahmad Jani und machte Anstalten zu gehen.

»Na, nun soll sich mal einer Euch ansehen! Wir wollen miteinander reden, und da wollt Ihr gehen! Es gibt nicht immer Gelegenheit zu reden. Und außerdem will ich mit Euch gütlich über eine Sache sprechen. Nämlich was zwischen Euch und Manisah war…«

»Nun bring diese Sache ja nicht wieder zur Sprache! Soll sie zum Teufel gehen, dieses unheilbringende Weib! Nur gut, daß sie sich fortgeschert hat!« geriet Ahmad Jani unversehens in Wut. Er atmete immer schneller, und danach hustete er ein-, zweimal.

»Seid Ihr noch immer krank?«

»Nein.«

»Oder etwa böse?«

»Wenn du an meiner Stelle wärst, wüßtest du es.«

»Also böse, ja?«

»Rede von etwas anderem und nicht von diesem elenden Weib. Nur das!« knurrte Ahmad Jani.

»Na schön. Ich will ein bißchen fragen.«

»Was?«

»Wie lange wollt Ihr Euch in diesem Unterstand vergraben? So geht's doch nicht. Sagt meinetwegen, sie hat Euch geärgert; sagt, sie hat Euch gequält, aber auf diese Weise macht man sich doch nur das Herz schwer«, ermutigte Tuminah ihn.

Ahmad Jani öffnete die Augen weit und schaute auf Tuminahs langes, sich linksseitig um ihren Nacken ringelndes Haar.

Tuminahs dunkelglänzende Haut, ihre ein wenig aufgeworfene Nase, die Narbe unter dem Kinn waren nicht immer sichtbar, weil sie den Kopf zu senken pflegte, wenn sie anderen begegnete.

»Was willst du eigentlich?« fragte Ahmad Jani.

»Was ich will?«

»Jaaa! Was willst du?«

»Ich will nichts. Gefällt mir bloß nicht, zu sehen, wie Leute sich jeden Tag im Unterstand verkriechen. Wenn Ihr mich anseht, mir geht's noch schlechter. Bin mutterseelenallein, hab nur einen kleinen Bruder. Wenn ich wieder nach Belimbing Dalam, in mein Heimatdorf, zurück will, wen soll ich um Hilfe bitten, und wer kann in dieser Kriegszeit helfen?« bemerkte Tuminah.

»Vielleicht Basir?«

Tuminah hielt inne; ihr Gesicht verfinsterte sich plötzlich. Sie sah Ahmad Jani an und wollte ergründen, wieviel er über ihre Beziehungen zu Basir wußte. Das Geschwätz der Leute war ihm natürlich zu Ohren gekommen, aber man redete nicht viel, und obendrein versuchte jeder, im Krieg seine eigene Haut zu retten. Ahmad Jani schüttelte den Kopf; er wußte, daß Tuminah ihm mißtraute.

»Das ist so, Tuminah…«

Er sprach nicht weiter, weil sie alle erschraken, als sie das gewaltige Dröhnen der Explosion hörten. Die Mehrzahl der Menschen, die sich gerade auf der Hauptstraße befanden, duckte sich nieder und bedeckte die Köpfe, während einige sich flach hingeworfen hatten und kriechend einen Schutzraum zu erreichen suchten. Der ersten großen Detonation folgten fünf, sechs ebenso betäubende, und erst danach kam es zu kleineren Explosionen, wie sie gewöhnlich folgten. Ahmad Jani bemerkte, daß Tuminah schon davongerannt war und den Kopf unter eine hölzerne Sitzbank vor Susays Hütte steckte. »Bestimmt fallen noch Bomben, bestimmt!« stieß sie zitternd hervor. »Die Fabrik, wo die Munition lagerte, ist in die Luft geflogen«, vermutete Ahmad Jani. »Weißt du noch, vor drei Wochen? Da war's das gleiche. Die Japaner müssen sich ergeben. Und die Bomben und Granaten, die sie gelagert haben, jagen sie hoch.«

»Schwatzt nur nicht etwas daher...«

»Du kannst mir glauben, wirklich. Wenn nicht, so laß es. Und mach dir keine Sorgen um mich. Kümmere dich um dich selber. Ich bin ein Mann...«

»Ach, ein Mann darf es sich also leicht machen, und eine Frau darf es nicht?« meinte Tuminah und wagte, unter der Bank hervorzukriechen.

»So ist's nicht, Tuminah. Es gibt für alles Gründe...«

»Gebt Euch keine Mühe, alle wissen es« stieß Tuminah hervor.

»Daß ich da im Schutzraum sitze, hat auch seinen Grund. Vielleicht weißt du es nicht, vielleicht...«

»Tagelang da drinnen – ist das nicht verrückt?«

Ahmad Jani zog die Augenbrauen hoch und musterte Tuminahs Gesicht. Es stimmte wohl: die vierundzwanzigjährige Witwe sah noch reizend aus, aber weil sie sich gewöhnlich gut führte, besonders als Manisah noch an seiner Seite weilte, hatte Ahmad Jani nichts bemerkt. Im Gehen sagte er zu sich selbst: Alle Menschen haben ihr Geheimnis. Tuminah weiß nichts. Wahrscheinlich weiß sie nichts.

Als er die Treppe zu Tompangs Verschlag hinaufstieg, vernahm er noch drei-, viermal heftige Explosionen von Bomben oder Granaten. »Wer weiß, wann das endlich aufhört«, sagte er, wiederum zu sich selbst.

Der Mond schien hell; in dem Raum war es finster. Tuminah besaß nicht die Kraft, die Palmöllampe anzuzünden, die gewöhnlich brannte. Die Nacht war heiß, ob es nun an der glühenden Hitze der vergangenen zwei, drei Tage lag oder an den seit Mittag unaufhörlich detonierenden Bomben. Auch in der Nacht setzte sich das Dröhnen noch fort, obwohl leiser und nur ein-, zweimal alle fünf, sechs Minuten. Tuminah ließ das Fenster ihrer Kammer natürlich offen und klemmte den Vorhang fest, der ihr die Aussicht verdeckte, damit das volle Mondlicht in den Raum fiel, in dem sie jetzt mit untergeschlagenen Beinen saß.

Dalim schlief schon eine halbe Stunde, nachdem sie ihm zwei Hiebe wegen seiner Frechheit versetzt hatte, mit Sukon zur Lorong 5 zu schleichen, um zu sehen, wo die Bomben und Granaten hochgingen. Zum Glück war Karim ihnen begegnet und hatte sie mit zurückgebracht, sonst hätten die japanischen Soldaten sie womöglich sonstwohin verschleppt. Dutzende von Menschen, die das explodierende Munitionslager sehen wollten, wurden auf drei Armeelastwagen verladen und in Richtung Pasir Panjang abtransportiert. Basir und Kuldip Singh waren, wie es hieß, seit dem Nachmittag noch nicht zurückgekehrt, und die Kampungbewohner glaubten, daß auch sie auf jenen drei LKW fortgebracht worden seien.

Auch darüber war Tuminah mißvergnügt und argwöhnte, daß sie, wenn Basir tatsächlich verschwunden wäre, sich eine neue Nahrungsquelle suchen müsse. Sie schaute nach dem Vollmond, und ihr wurde melancholisch zumute. Natürlich dachte Tuminah in solchen Augenblicken der Einsamkeit wieder an Mansur, ihren Mann, den es in Bukit Timah zerrissen hatte. Der war kein schmucker Kerl gewesen, wenn man ihn mit Basir verglich, obschon dieser Pickel hatte. Aber in dem mageren Mansur mit seinem gelichteten Haar verbarg sich Hilfsbereitschaft. Tuminah erinnerte sich daran, wie Mansur erschien, als sie eines Abends zwei alte Leute im Restaurant »Fujiyama« bediente, und einen abseits gelegenen Platz suchte. Lange blickte Mansur nach ihr, und erst als Juriah den Vortrag ihres Liedes »Des Blinden Schicksal« beendet hatte, ging sie zu ihm hin, um zu fragen, was er zu trinken bestellen wollte.

Fast zwei Monate lang war Mansur in dem besagten Restaurant Stammgast, bevor er es fertigbrachte, Tuminah für sich einzunehmen, und auch das erst, als er zwei-, dreimal Tuminahs Mutter Jamilah beim Gang zum Hospital und zum Arzt unterstützte. »Ich weiß auch nicht, warum du in mich vernarrt bist«, sagte

Tuminah, nachdem er ihr einen Heiratsantrag gemacht und erklärt hatte, daß das Restaurant nicht der passende Ort für sie sei. »Wer soll sich denn um meine Mutter kümmern und meinen kleinen Bruder ernähren?« fragte Tuminah ihn, doch Mansur lächelte. »Ich bin nur ein Fahrer, aber ich verspreche dir, gut für beide zu sorgen«, versicherte Mansur. Drei Wochen vergingen, bevor Tuminah auf Mansurs Wunsch einging, und sie tat es erst, als Jamilah an der Beri-beri-Krankheit gestorben war. »Ich gebe dir nicht mein Wort, dir eine gute Frau zu werden«, betonte Tuminah, die nichts verschleiern wollte. »Ich komme von einem verrufenen Ort, das weißt du selbst. Aber wenn du den Willen hast und mich zu leiten verstehst, kann vielleicht aus mir eine gute Frau werden…«

Wirklich war sie ihm eine gute Ehefrau geworden, dachte Tuminah. Der geduldige Mansur versäumte kein Gebet, lehrte an den Abenden den Koran zu rezitieren und brachte Tuminah zu der Einsicht, daß es auf dieser Welt noch gute Menschen gab. Tuminah begann auch, die Sure des Todes lesen zu lernen, und hatte bereits einen Teil auswendig gelernt, indem sie sie ständig wiederholte, wenn sie im Schutzraum saß und die B 24 und die B 29 über ihnen dröhnten und rauschten.

»Bereust du es nicht, daß du meine Frau geworden bist, Tum?« fragte Mansur, als er eines Abends, von Krankheit geschüttelt, heimkam.

»Bereuen?«

»Ich habe dir nichts gegeben«, erklärte ihr Mann.

»Wenn es nicht anders gekommen wäre, hätten wir ein Kind. Ich bin selbst schuld, bin dort gelaufen, wo es glatt war. Tut es dir leid, daß ich es verlor?« fragte Tuminah und deckte ihren Mann zu.

Mansur nickte.

Tuminah fühlte, wie ihre Augen in Tränen schwammen. Warum hatte Mansur schon gehen müssen, und das auf eine so schreckliche Weise – zerfetzt in dem Bus, den er selbst steuerte, dachte Tuminah. Sie hielt die überfließenden Tränen zurück, blickte auf zum Himmel, zum Mond, den ihre eigenen Tränen verfinsterten. Keine Wolke schwamm in seinem Umkreis, nur fern im Norden trieben schuppengleich vereinzelte Wölkchen. Wunderschön sei der klare und stille Nachthimmel, dachte Tuminah.

»Jetzt bin ich wieder so, wie ich war«, murmelte Tuminah und sah den Schatten ihres Mannes, an den sie unablässig gedacht hatte. »Du darfst mich nicht verurteilen. Es wird immer schwieriger mit dem Essen, und ich kann nicht hinaus. Dalim will essen, und ich will leben.«

Eben auch aus diesem Grund hatte sie sich bereitgefunden, Büchsenmilch gegen ihre Brüste einzutauschen. Aber Basirs Hände, so sagte sie, seine Verführungskünste, seine regelmäßigen Gaben und seine Versprechungen sowie der zunehmend bedrohliche Kriegszustand und ihr Witwendasein ließen Tuminah nicht die Kraft, der Leidenschaft zu widerstehen. Einmal, als der Morgen graute und die Menschen zitternd im Unterstand saßen, weil die Bombenangriffe der B 24 und der B 29 pausenlos zwei Stunden lang andauerten, erzitterte Tuminah unter Basirs Berührung. Seitdem flammte alles wieder auf, was sie in jenem Restaurant erlebt hatte. Und so stehe es nun mit ihr, dachte sie.

Dalim bewegte sich, murmelte im Schlaf, weinte und schrie dann im Schlaf auf: »Suuu – kooon! Lauf doch, lauf! Die Bomben, die Bomben … laaaauf!« Schnell wischte Tuminah über Dalims Stirn und bemerkte, daß der Mondschein darauf fiel. Dalim sah noch magerer aus als vor vier, fünf Monaten, stellte sie fest. Seine schon zwei Monate lang nicht geschnittenen Haare vermochten nur ein wenig seine vorstehenden Backenknochen zu verbergen. Tuminah fiel ein, wie sehr Jamilah, ihre Mutter, Dalim geliebt hatte. Sie hatte ihn zu sehr verwöhnt, und auch aus diesem Grund ließ sich Dalim, der das normal fand, jetzt schwer bändigen. Tuminah weinte.

Mak Buruks Stimme ließ Tuminah eilends sich die Tränen abwischen. Die alte Frau durfte sie nicht weinen sehen, sie hätte sonst alles herumerzählt. Eine ruhige Nacht führte Mak Buruk stets in Tuminahs Kammer, und sogar wenn die Sirene heulte, stürmte sie manchmal zu Tuminah herein und gebot ihr, im Unterstand Schutz zu suchen, bevor sie eilig hinaufstieg, um Tompang zu holen. »Die Leute erzählen, Basir und Kuldip Singh sind von den japanischen Soldaten mit auf die Lastwagen geholt worden. Ranjit Singh heult unaufhörlich«, berichtete Mak Buruk und rückte ihren dünnen

Haarknoten zurecht. »He, warum hast du denn nicht die Lampe brennen?« erkundigte sie sich, als sie bemerkte, daß es in Tuminahs Kammer finster war. »Ist dein Öl alle?«

»Nein.«

»Ja, also?«

»Der Mond scheint doch.«

»Seit wann benutzt du denn den Mond als Lampe?«

Tuminah lächelte im Mondschein und wischte sich über die Augen. »Seit es den Mond gibt«, scherzte sie.

»Weinst du?«

»Nein.«

»Ich hab' doch gesehen, daß du dir die Augen wischst...«

»Nein.«

»Du machst dir Sorgen wegen Basir, ja?«

»Nein.«

»Lüg doch nicht!«

»Wozu soll ich denn lügen, wenn's doch nicht stimmt?«

»Du sollst nichts verbergen, Tuminah.«

»Was soll ich denn nicht verbergen?«

»Ich weiß es. Viele wissen es.«

Tuminah antwortete nicht. Natürlich wußten es viele, sagte sie sich. Wessen Augen hatten wohl nicht gesehen, daß Basir ihr Sardinen, Milchbüchsen, Kassaven und Öl brachte? Und wer wußte nicht, daß sie eine Witwe war und Basir ein Mann? Wer hätte darüber geschwiegen, wenn er gesehen hatte, daß Basir wenigstens einmal wöchentlich in ihrer Kammer über Nacht blieb? Tuminah weinte.

»Ich wollte dich nicht kränken, Tuminah«, sagte Mak Buruk, die ihren Fehler bemerkte, die Sache wieder aufgewirbelt zu haben.

»Ich weiß.«

»Weine nur nicht! Wer ist schon so rein wie ein weißer Kain in dieser Welt?« Mak Buruk versuchte die Lage zu retten.

»Ich weiß.«

»Aber... aber, wenn es geht, laß den Mann nicht so an dich heran! Wenn er dich wirklich gern hat, heirate ihn. Ich kann das in Ordnung bringen«, erklärte Mak Buruk und blickte zum Vollmond. »Als verheiratete Frau sind deine Probleme ein bißchen anders, Tuminah. Es bringt Ärger, wenn einer nur so kommt, sagt man. Und für dich als Witwe besonders. Heirate!«

Tuminah sagte nichts. Mak Buruk beobachtete, wie sich Dalim unruhig bewegte, und ging zu ihm hin, um seine bloße Brust mit einem flachen Kissen zuzudecken und ihm auch mehrmals die Stirn abzuwischen. Sie schüttelte den Kopf. »Sieh doch, sieh, wie es dem Jungen ergeht. Ist noch ganz klein und hat schon den Vater verloren, den Großvater verloren. Zum Glück hat er noch seine große Schwester.« Mak Buruk sah Tuminah an, die bedrückt den Kopf hängen ließ. »Wirklich, Tuminah – heirate! Es geht ja nicht nur um dich, sondern auch um Dalim. Ich habe ihn mit Sukon gesehen, der wirklich gut mit Basir steht. Sie passen zusammen!«

»Es soll dir nicht gehen wie mir«, fuhr Mak Buruk fort, als sie keinerlei Antwort von Tuminah vernahm. »Meinen Mann haben die Japaner geholt. Ich warte auf ihn. Ich habe einen Mann, er ist bloß nicht an meiner Seite. Du sollst es nicht machen wie ich und zu spät heiraten.«

Tuminah blieb noch einige Augenblicke still. Und Mak Buruk fuhr fort: »Zum Glück habe ich ja auch noch Simah, da kann man noch hoffen. Gebäck bei der New World da verkaufen, kann doch auch heißen, den Lebensunterhalt zu fristen. Nur Sakinah traut sich noch nicht zu helfen. Gott ist doch gerecht. Den Mann haben sie mir genommen, und schon kann ich auf die Kinder hoffen.« Mak Buruk seufzte in der mondscheinübergossenen Kammer. »Jumaat«, flüsterte sie versonnen, »wo magst du jetzt wohl sein? Warum sind die Japaner bloß so grausam? Wenn sie Leute holen wollen, sollen sie doch welche nehmen, die keine Pflichten haben!« Die Tränen flossen ihr aus den Augen, ohne daß sie es wollte.

Man konnte sagen, daß die Detonationen der Bomben und Granaten weiter nachließen. Aber wenn ab und zu eine in die Luft flog, konnte Basir sehen, daß sich der Himmel bei Kallang oder Geylang plötzlich rötete. Obgleich auch er gezittert hatte, als die japanischen Soldaten die Menge vertrieben, während er in Kallang war, passierte ihm das jetzt nicht mehr. Etwas anderes bewegte ihn jedoch. »Warum verhält sich Tuminah so?« fragte er sich im Dunkel auf der kurzen Ruhebank unter den Tjeri-Bäumen neben der Wand des Vorratsschuppens. Der große, runde Mond vermochte nur mit kleinen Lichtpünktchen das wieder wuchernde Blätterdach der Bäume zu durchdringen. »Nie verschließt sie die Tür«, murmelte Basir nochmals.

Als er kam, war es nachts halb drei. Tuminah schlief natürlich schon, aber gewöhnlich verstellte sie die Tür nur mit einer kleinen Bank oder im äußersten Fall mit zwei Blechbüchsen, beschwert mit einem Stück Alteisen. Basir stieß zwei-, dreimal dagegen, rief auch nach ihr. Tuminah wachte nicht auf, und die Tür ließ sich nicht öffnen. Durch seine Fähigkeiten als Einbrecher hätte Basir selbstverständlich hineingelangen können, wenn er gewollt hätte, aber er sah ein, daß dies bei einer anderen Behausung ging, nicht aber bei der von Tuminah. Er kehrte daher zu der Bank zurück, wo er immer ganz allein saß, wenn er zur Ruhe kommen oder nachdenken wollte. Er konnte ja noch zu seiner eigenen Kammer in der Kitchener Road gehen und gemeinsam mit Ariappan, Ariff, Mukmin, Choo Keng und Munusamy schlafen, aber in dieser Nacht widerstrebte ihm das. Außerdem hatte Ariappan selbst ihm am vergangenen Nachmittag befohlen sich bereitzuhalten, weil sich die »Truppe 8« vielleicht mit der seinigen, der »Truppe 18« schlagen wolle. Seine Erlebnisse in Kallang hatten ihn abgestumpft, obgleich die Begierde, Fahrradketten zu schwingen, Eisenriegel zu schleudern, Flaschen zu werfen und pausenlos mit Reisstampfern zu schmeißen, auch seinen Kampfgeist beflügelte, sich der »Truppe 8« entgegenzustellen. Schon drei Wochen lang hatte es keine Auseinandersetzung der »Truppe 18« mit irgendeiner anderen Gruppe gegeben – keine Gruppe überschritt ihr Gebiet. Und der Konflikt zwischen der »Truppe 8« und der seinigen rührte nicht von einer Gebietsverletzung her, sondern weil Jonah Manis in Eastern Joget zur Rückkehr mit seinen Spezialisten zur »Truppe 8« bereit war, während zuvor Mukmin und Ariappan sie abwechselnd angeführt hatten.

»Was hat sie bloß?« Basir wandte seinen großen Körper nach links, während er einen kleinen Pickel auf seiner Wange ausdrückte. Am vorhergehenden Nachmittag hatte er Tuminah ganz fröhlich gesehen, nachdem sie zusammen in den Unterstand neben Mak Buruk, Econ, Simah, Nair und Aman gekrochen waren. Noch in der Dämmerung hatte Basir ihr Bescheid gesagt: »Ich habe Sardinen unter die Matratze gelegt. Denke daran, unter die Matratze, verstehst du? Nicht oben darauf!« Und Tuminah hatte reizend gelächelt und das dünne Handtuch hochgezogen, das ihr von der Schulter gerutscht war. Die Wassertröpfchen auf der Wange und auf dem von dem Brusttuch bedeckten Busen hatten ihn schon da erregt, aber weil seine Kameraden ihn am äußersten Ende der Syed Alwi Road in einer Kaffeebude erwarteten, mußte sich Basir damit zufriedengeben, Tuminah nur in die Wange zu kneifen. Jetzt, halb drei Uhr in der Nacht kam er zurück und brachte ein Päckchen frische Nudeln, und er wünschte, seine unterdrückte Begierde zu stillen.

Basir rieb sich die Stelle, wo ihm links ein Zahn fehlte, während er sich rasch auf den Rücken legte, als er hinten auf den Schultern ein Jucken verspürte. Er kratzte sich an der rauhen Bank an dieser Stelle und blickte auf die Lichtpünktchen des plötzlich durch die Lücken im Blattwerk der Tjeri-Bäume schimmernden Vollmondes. Unruhe packte ihn.

Die Strahlen des Scheinwerfers krochen einmal lang, einmal kurz wie eine weiße Hand von der Spitze des hölzernen Turms an der Ecke des Vorratsschuppens hin und zurück. Manchmal sah Basir, wenn er dem weißen Lichtstrahl folgte, die umgestürzten Holzbohlen träge am Flußufer liegen. Die Ratten rannten verunsichert über die Treppenstufen am Fluß entlang; Unrat, Schmutz und zwei, drei leere Büchsen samt ein, zwei Flaschen trieben langsam auf dem Wasser; furchteinflößend und still lag die grüne Brücke, und das Wrack des LKW-Vorderteils war teilweise vom Schlamm des Flusses überschwemmt. Wenn der weiße Scheinwerfer in die Ferne leuchtete, bekam Basir auch den einsamen Friedhof mit den Kenanga-Bäumen und den zwei hoch aufstrebenden und sich ausbreitenden Kokospalmen zu Gesicht; er erblickte die verlassene Schule, die schon einige Zeit geschlossen war; er sah die große Werbungstafel, nutzlos, weil nachts immer keine Lampen brannten; er bemerkte die Sägemühle weit links von ihm und auch die eingerollten Segel der Barken hinter einer weiteren großen Brücke.

Beim Anblick der Brücke nach Kallang vergaß Basir seinen gegenwärtigen Kummer; ihn überkam ein Schauder und Unruhe. Am vergangenen Mittag war er mit Munusamy dorthin, zur Lorong 9 gehetzt, weil es hieß, dort hätten die Leute einen Vorratsschuppen gestürmt und Reis, Sardinen, Milch und Zucker fortgeschleppt. An der Brücke nach Kallang angelangt, sahen sie die Menge sich drängen; einige standen da, andere gingen und rannten eilig mit unbestimmbarem Gesichtsausdruck – furchtsam, verblüfft, froh oder nervös.

Munusamy hielt einen Jungen an, der keine Jacke, dafür seine Slipper mit argwöhnischem Gesicht in der Hand trug. Der Junge wollte sich widersetzen, kam aber nicht dazu, weil er sah, daß der Mann lächelte, der ihn festhielt. »Was willst du denn, Munusamy, was willst du denn?« drang Basir in ihn. »Die Bomben, die Bomben«, stieß der Junge zitternd hervor. »Sind deshalb so viele Leute hier?« fragte Basir und deutete mit einem bloßen Heben der Augenbrauen auf die Menge. »Die Japaner fangen die Leute weg«, antwortete der Junge und wollte sofort weiter. »Wart' mal!« bemerkte Munusamy. »Kann man dorthin gehen? Kann man zur Lorong 9?« Der Junge schüttelte den Kopf.

»Wer sagt, daß der Schuppen aufgebrochen ist?« fragte Basir seinen Kameraden, der noch unzufrieden zusah, wie der Junge weglief.

»Na, die Leute…«

»Wer?«

»Giap Hong sagt es.«

»Woher hat er es gehört?«

»Du fragst zu viel. Wenn du's genau wissen willst, frage ihn selbst. Los, wir gehen hin. Wozu sollen wir hier in der Menge herumstehen?« knurrte Munusamy, der fühlte, wie ihm der Schweiß unter seinem grün-rot-blau gestreiften Trikothemd floß.

Mühsam bahnten sie sich einen Weg durch die Leute, die offenbar auch selbst gaffen und über die Brücke nach Kallang wollten. Bevor sie an dem Stacheldrahthindernis anlangten, wo fünf, sechs japanische Soldaten mit grimmigem Gesichtern und aufgepflanztem Bajonett standen, hatte Basir schon die Menge gesehen, die ihre Köpfe zu zwei Lichtmasten hochreckte. Aus der Entfernung und besonders auch deshalb, weil sie hin und her geschoben wurden, konnte er noch nicht ausmachen, was an diesen Masten hing. Er konnte nur eine Tafel wahrnehmen, die sich darunter befand. »Warum starren die Leute so dorthin?« fragte Munusamy. »Weiß nicht«, antwortete Basir und versuchte, sich zu der vordersten Reihe der vor dem Stacheldrahthindernis Stehenden durchzuboxen. »Ist wohl ein Ball?« fragte Munusamy. »Nein«, erwiderte ein alter Mann, der sich nach hinten durchkämpfte. »Kein Ball. Die Japaner haben einem den Kopf abgeschlagen«, setzte er hinzu.

»Der Kopf von einem Menschen?« schauderte es Munusamy.

Der Alte, der dies ausgesagt hatte, war bereits im Strom der sich drängenden Menschen verschwunden. Die detonierenden Bomben dröhnten überaus heftig, und die Menschenmenge geriet in Verwirrung; einige schrien auf, andere versuchten, sich immer heftiger herauszuwinden, wieder andere jammerten und brüllten, aber alle zusammen erfaßte wilder Schrecken, und sie bedeckten ihre gesenkten Köpfe. In diesem Augenblick stand Basir bereits vor der Stacheldrahtsperre und sah, wie die japanischen Soldaten die Mündungen ihrer Gewehre auf sie richteten. Ein Panzer mit seinem Kanonenschlund rasselte nach rechts und nach links, als sei er bereit, auf jeden zu schießen, der das Stacheldrahthindernis angreifen wurde. Als dem Dröhnen der explodierenden Bomben nur noch das Knattern von Kugeln folgte, blickte Basir zu den Masten mit der beschriebenen Tafel hin. Obwohl der runde Gegenstand von seinem Platz nur schwer zu sehen war, vermochte er doch zu erkennen, daß es sich um einen aufgehängten Menschenkopf handelte, und er sah obendrein noch die hin und wieder vom Wind bewegten Haare wehen.

»Es stimmt, Basir, es ist wirklich der Kopf von einem Menschen«, konstatierte Munusamy. »Los, wir kehren um. Wenn wir noch etwas anderes sehen, meinetwegen, aber einen abgeschlagenen Kopf – nein!«

Basir blickte nun auf die Menschenmenge, die sich in Zweierreihe langsam auf die zwei japanischen Soldaten zuschob, die die Ausweise prüften, bevor sie die Leute die Kallang-Brücke passieren ließen. Und er sah den

Gehenkten, las die Schrift auf der Tafel, bevor er sich auf den Weg nach Geylang machen durfte.

Basir drehte sich erneut auf die linke Seite, bevor er sich erhob und auf die Bank unter den Tjeri-Bäumen setzte. Alles, was ihm durch den Kopf flog, versetzte ihn in Unruhe, und einfach so dazuliegen, schien so, als lasse er die Kette der schrecklichen Ereignisse erneut an sich vorüberziehen. Er bemerkte den weißen Scheinwerferstrahl von dem hölzernen Turm her, der gerade auf die grüne Brücke fiel, zwei-, dreimal von rechts nach links tastete, bevor er sich den kleinen Treppenstufen am Fluß und den Bohlen zuwandte.

»Die Japaner wollen denen eine Lehre erteilen, die Waren aus dem Vorratsschuppen stehlen«, legte Ahmad Jani vor Said Ayub, Giap Hong, Mak Buruk, Susay und Tuminah dar. Auch Basir stand dabei. Bestraft man Diebe mit Enthauptung? fragte sich Basir innerlich und empfand dies als völlig ungerecht. Sie zu schlagen, zu prügeln, einzusperren oder auch ihnen Finger abzuhacken (wie er gehört hatte, daß es vorkam) – das konnte man vielleicht noch verstehen. Aber enthaupten? Welchen Unterschied im Wert zwischen einer Sardinenbüchse und einem Menschenleben gab es da wirklich? fragte sich Basir. Er blickte zu dem Spalt in der Wandecke des Vorratsschuppens, etwa fünf Ellen entfernt von der Bank, wo er saß. Wenn es ihm gelänge, den Spalt aufzubrechen, würde auch er diese Strafe erleiden? fragte er sich innerlich. Schon beinahe länger als zwei Wochen plante er einen Einbruch in den Schuppen – mit Dalims und Sukons Hilfe, die aus Angst vor Basir das Geheimnis nicht verrieten. »Wenn sie mich köpfen, macht das nichts«, murmelte Basir, obwohl es ihn am ganzen Körper schauderte, als er diese Worte flüsterte. »Aber was wäre, wenn es Dalim oder Sukon oder auch Aman träfe?«

Basir stand auf und ging höchst beunruhigt zwei-, dreimal auf und ab, bevor er den Bug einer kleinen Prau neben dem Vorratsschuppen an der grünen Brücke auf und ab schaukeln sah. Er öffnete seine Augen weit, denn schon lange Zeit hatte keine Prau mehr gewagt, den Strom zu kreuzen oder auch flußabwärts zu fahren, schon gar nicht um halb oder um drei Uhr nachts. Es mußte sich um ein geheimes Unternehmen handeln, in den Vorratsschuppen einzudringen. »Da hat einer eher geplant«, brummte Basir und duckte sich zwischen die Lücken des alten Hühnerstalls, den man teilweise im Schlamm hatte versinken lassen. Von dort konnte er feststellen, daß da wahrhaftig eine kleine Prau festlag und leicht schaukelte. Und als der weiße Scheinwerferstrahl vom Turm über das Boot tastete, bemerkte Basir eine ungewisse Gestalt, die mit einem abgetragenen gelben Kain oder einem Jutesack für Holzkohle zugedeckt war.

Der Lichtstrahl vom Turm blieb an dieser Gestalt hängen, ein Alarmsignal ertönte, und lärmend schrien die Posten mehrmals Befehle. Basir wußte, daß er sich in unmittelbarer Gefahr befand, und bevor noch ein

Gewehr oder ein Maschinengewehr knatterte, war es besser zu verschwinden. Er lief in dem ausbrechenden Tumult los und beachtete dabei den stillen runden Mond. »Also gut, ich mach' mich auf zu Tuminahs Kammer«, murmelte er. »Vielleicht ist ihre Tür offen. Wahrscheinlich ist sie wegen diesem Aufruhr aufgewacht.«

4

Träge floß das Wasser des Flusses dahin. Drei Tage lang hatte es so gelb wie Tee mit Milch ausgesehen, aber an diesem Tag färbte es sich wiederum völlig schwarz. Nachdem sie mehrere Tage lang eingesperrt gewesen waren, fühlten sich einige Jungen zwischen sieben und fünfzehn Jahren endlich dem Gefängnis des Unterstands entronnen und schwammen nun um die Wette auf der Jagd nach treibenden Blechbüchsen, Flaschen und Holzrinden. Sie brachten es fertig, wenn das Wasser nicht gerade bleiern floß, es für einen Augenblick zum Kräuseln zu bringen.

Der bleich aussehende, leicht schielende Sukon schrie vor Vergnügen, als er sah, wie Dalim seine Hose und das Trikothemd auszog. Die anderen Kinder kreischten gleichfalls auf, besonders weil Dalim nur sehr selten wagte, sich völlig nackt zu zeigen. Eine mit Räude am Nacken und am Schwanz behaftete schwarze Katze, die gerade friedlich neben den Trümmern eines verrotteten Sampan Wasser schlürfte, erschrak mit einemmal und trottete davon. Sukon lachte schallend, deutete auf das fortlaufende Tier, und Dalim kümmerte sich beim Pissen um niemanden. Der schlitzäugige Lai Chee und Simah mit den dichten Augenbrauen wandten sich beide ab, weil sie sich beim Anblick des hierhin und dahin spritzenden Urins schämten.

Nachdem er sich zwei-, dreimal den Nabel abgerieben hatte, schrie auch Dalim aus vollem Herzen: »Haaa-lloooo!« Mehrmals schlug er sich mit den ein wenig schwächlichen Händen munter auf die Brust, an der die Rippen hervorstanden. Nasri, Aman, Sakinah und Menon, die im Wasser untertauchten und wieder hochkamen, versuchten, fröhlich Beifall zu klatschen. Dalim schlug immer heftiger an seine Brust, was Sukon, der noch auf den treibenden Balken stand, dazu brachte, vor Freude auf und ab zu springen.

Dalim sprang in die trägen schwärzlichen Fluten, Schaum spritzte hoch, dann ließ er die sich rasch ausbreitenden Kreise auf dem Wasser hinter sich. Abfälle, besonders mit Fliegen bedecktes verdorbenes Gemüse schwamm plätschernd vorüber. Und aus dem dunklen Wasser – im Bereich der Wellenkreise – streckte Dalim seinen Kopf hervor, seine langen Haare klebten ihm an der Stirn, Wasser tropfte ihm in die Augen, die Nase, den Mund und über das Kinn. Schnell wischte er sich mehrmals die Wassertropfen aus dem Gesicht, dann raffte er das lange Haar zur Seite. Seinen kleinen Mund hielt er weit aufgerissen, weil er so tief wie möglich Atem holen wollte.

Sein Lächeln ging in ein Lachen über, das seine Zähne entblößte, von denen zwei fehlten. Dann brüllte er: »Tarzan! Hier ist Tarzan! Haaa-llooo!«

»Du Fratze von Tarzan«, höhnte Menon und fletschte seine langen weißen Zähne. Er hielt eine Flasche mit Öl in der Hand, die er gerade aus einem Haufen vorbeitreibenden Abfalls gezogen hatte. »Hier ist Tarzan, hier! Haha!« setzte er hinzu und warf die weiße Flasche nach der schwarzen Katze, die sich gerade das Fell leckte. Diese erschrak wiederum, huschte davon und verschwand hinter dem Wrack des LKW-Vorderteils, wo sie ein, zwei Sekunden hervorlugte und dann irgendwohin weglief.

»Hier ist der richtige Tarzan«, erklärte der dreizehnjährige Menon, während er auf seine Brust deutete, an der die Rippen gleichfalls hervortraten. »Schaut hin, sogar der Löwe ist ausgerissen«, erklärte er und zeigte in die Richtung, wohin die schwarze Katze verschwunden war. Sakinah, die ein hüsches Gesicht mit einer Stupsnase hatte, streckte ihm spöttisch die Zunge heraus. Baharum lief hin und her, um einen passenden Platz zu finden, und plötzlich hielt er den Kot nicht länger, der seine Schenkel und Waden traf. Der Sechsjährige zeigte ihr ebenfalls die Zunge und kniff die Augen zu, weil ihn das Gefühl belustigte, daß ihm sein eigener Kot auf die Beine gespritzt war.

Dalim kümmerte der Spott seiner Kameraden nicht. Er legte sich schwimmend auf den Rücken und stieß mit den mageren Beinen so heftig wie möglich aus.

Nasri mit der Narbe an der Stirn, Sai Yong mit dem quadratisch geschnittenen Haar, Aman mit der Krummnase und der gerade erst kahlgeschorene Sukon folgten Dalim in normaler Schwimmlage nach, wobei sie unaufhörlich hierhin und dorthin spähten. Die noch am Flußufer stehende Simah löste ihren Zopf, sah der Gruppe der Jungen zu und zog ein immer längeres Gesicht, denn sie hörte Dalim sagen: »Haha, Simah traut sich nicht, nackt zu baden!«

Mit einemmal entfernte sich Sukon von der Gruppe seiner fröhlich schwimmenden Freunde und schoß auf die verrottete Barke zu, zehn, zwölf Ellen von der grünen Brücke entfernt. Dalim bemerkte es, drehte sich vom Rücken wieder auf die Brust und schrie: »He, Sukon, wohin willst du, hä?«

»Scheißen, scheißen!« antwortete Sukon und lief rasch davon, zog seine nasse Hose aus und verzog sich hinter die Barke. Zwei dürre Gänse, die Giap Hong gehörten und die dieser gewöhnlich streng hütete, rannten auf Sukon zu, rissen aber verstört wieder aus, weil er mit Holz und alten Blechbüchsen nach ihnen warf. »Wenn ich scheißen will, warum mußt du mich dabei stören?« fragte Sukon.

»Kannst du denn das nicht im Wasser?« brüllte Dalim. »Da merkt's keiner – es verschwindet nämlich.«

»Da wird Mama Ayub böse. Ist denn das Wasser nicht sauber?« erwiderte Sukon.

Eine halbe Stunde tobten sie lachend und Witze reißend im Wasser, als sie plötzlich Dalim schreien hörten: »Seht doch, seht! Da sind Vögel!«

»Keine Flugzeuge?« erkundigte sich Menon und starrte gleichfalls zum wolkenverhangenen Himmel hinauf, besonders in westliche Richtung.

»Nein, das sind Vögel«, war Dalim überzeugt.

»Wozu soll ich nach Vögeln sehen«, murrte Sukon. »Da sind Vögel, da!« meinte er und deutete auf etwas im Wasser Verborgenes.

»Drei Tage sind keine Flugzeuge gekommen«, meinte Menon und rieb sich seine scharfgeschnittene Nase.

»Vier Tage«, erklärte Aman.

»Drei«, wiederholte Menon.

»Vier...«

»Drei...«

»Vier...«

»Nun hört aber auf!« Dalim wurde zornig. »Drei Tage oder vier ist doch egal. Wer hat denn schon gern, wenn Bomben fallen?«

»Ich!« antwortete der dunkelfarbige, glatthäutige Baharum. Sein feines Haar klebte dicht an seinem ovalen Kopf und der breiten Stirn.

Dalim schwamm in Brustlage und verzog bei Baharums Anblick das Gesicht. Dieser grinste, und man sah, daß ihm die vier oberen Zähne fehlten. »Du hast die Flugzeuge gern?« wiederholte Dalim und beobachtete Baharum und seine übrigen gleich ihm schwimmenden Kameraden.

»Mir gefällt's, wenn die Bomben fallen. Da geht's schschiiuuu – wumm, wumm!« äußerte Baharum, während er die Finger seiner rechten Hand spreizte und sie heftig ins Wasser klatschen ließ.

»Gefällt dir's, wenn Bomben fallen, Sukon?« fragte Dalim.

Sukon schwamm schon in normaler Lage und antwortete: »Mir gefällt's nicht. Wenn Bomben fallen, gehen Menschen tot. Und mir tut Tompang leid. Er ist blind und lahm. Und wenn die Sirene heult, kann er nicht weglaufen. Und wenn die Bomben fallen, auch nicht. Mir gefällt's nicht, wenn Bomben fallen.«

Aman, Sukon, Menon und Dalim wollten gerade unter der grünen Brücke hindurchschwimmen, als das Sirenengeheul von der nahegelegenen Police Station Rochore ertönte. Die Leute, die auf der Brücke und am Flußufer unterwegs waren, gerieten sichtlich in Erregung und drängten sich dann eilig in den nächstgelegenen Unterstand. Irwan – nur im schwarzen Lendentuch und allein zurückgeblieben – zog abgerissene Keladi-Blätter zu sich heran, entfernte die Stengel, rannte dann los, raffte eine auf der dritten Stufe am Flußufer liegende schwarze Blechbüchse auf und lief eilends auf den Friedhof hinter der Moschee zu. Sakinah, Simah und Lai Chee stocherten gerade im Schlamm herum, verließen aber aus Furcht ihren Platz. Sukon schwamm in schnellem Tempo auf das Wrack des LKW-Vorderteils zu, gefolgt von Aman, Menon und Dalim.

Nur der sechsjährige Baharum, ein guter Schwimmer, blieb noch lachend mitten im Fluß. Er schüttelte sich vor Lachen beim Anblick einer beleibten Frau mit einem Schirm und dem Marktkorb, die mühsam auf einen Unterstand zulief. »He, seht mal diesen wandelnden Jutesack!« schrie er und hüpfte im Wasser auf und ab.

»Du willst wohl umkommen, ha? He, Baharum, du dürres Gestell, willst du krepieren, ja? Die Sirene hat geheult, die Flugzeuge sind schon ganz nahe, willst du denn verrecken?« brüllte Dalim und zog rasch Hose und Trikothemd an, bereit zur Flucht.

»Ich sehe keine Flugzeuge«, antwortete Baharum, verschwand umgehend unter Wasser und tauchte dann mitten in träge dahintreibendem Unrat und Abfall auf. Er tauchte erneut und kam an einem etwas saubereren Platz zum Vorschein.

»Ich geh' erst nach Hause, Aman, Menon, Sukon. Hee, Baharum, ich geh' erst nach Hause. Ich komme dann wieder…«, sagte Dalim und zog im Davonlaufen seine Hose hoch. »Ich komme dann!«

»He, du willst wohl Tompang tragen, ja? Willst ihn mit tragen?« rief Baharum, der wieder dem Ufer zuschwamm, nachdem er gesehen hatte, daß Mak Buruk, Susay, Ahmad Jani und Giap Hong herbeiliefen und Ausschau am Fluß hielten.

»Ja, ja.«

»Pack nur kräftig zu! Du bist doch ein Kamerad von Tarzan? Da mußt du stark sein. Gib dir Mühe beim Tragen, aber mach dir dabei nicht in die Hosen!« lärmte Baharum, der feststellte, daß alle seine Kameraden schon zu ihren Häusern oder einem nahen Schutzraum weggelaufen waren. Dann fiel sein Blick auf Econ, die hagere kleine Großmutter, die eine lange Rotanrute in der Hand hielt. Baharum schwamm im Zickzack ans Ufer, griff sich Hose und Hemd und lief weg, ohne Gelegenheit zu finden, sie anzuziehen, weil Econ, die ihn schon erspäht hatte, ihn keuchend verfolgte.

»Du willst wohl umkommen, was?« ächzte die alte Frau mit dem schütteren weißen Haar und riß die Schlitzaugen weit auf. »Weißt du nicht, daß die Sirene geheult hat? Kannst du nicht heimkommen, hä? Denkst du, daß du eine Art Datuk bist und unverwundbar?«

Giap Hongs zwei Gänse, die friedlich hin und her watschelten, rissen plötzlich aus, als sie gewahr wurden, daß der nackte Baharum schnell fortlief, von der gebeugten Econ verfolgt, die noch zornig rufend die Rotanrute schwang.

Sobald Dalim in den überfüllten Unterstand hinabgesprungen war, suchte sein Blick Tompang. Einige ältere und jüngere Leute im Schutzraum murmelten fromm die Sure des Todes, und Ahmad Jani hatte seine weiße Kappe bis über die Augen gezogen, während er die Suren rezitierte, die er auswendig gelernt hatte. Simah und Sakinah umarmten einander mit flackernden Augen und zitternden Lippen. In der Nähe der Eingangstür des Schutzraums beteten auch Said Ayub und Karim. Etwas weiter drinnen konnte man in der schweigenden Menge wegen der Finsternis kein Gesicht mehr erkennen.

»Ist Tompak drinnen? Und ist Mak Buruk drinnen?« erkundigte sich Dalim mit besorgter Stimme, und seine Augen waren weiter auf der Suche. Das feuchte Haar, aus dem noch das Wasser tropfte, schob er beiseite. »Mak Buruk, oh, Mak Buruk, ist Tompang hier?« rief er etwas lauter.

»Bist du es, Dalim?« antwortete eine zitternde Stimme aus der Mitte des Unterstands. »Hast du nicht mit Sukon zusammen Tompang hergetragen? Ich hatte doch gesagt, ihr beide sollt auf ihn aufpassen, weil ich zum Pasar mußte.«

»Ich hab' im Fluß gebadet, Mak Buruk. Und ich hab' Sukon gebeten aufzupassen. Aber er hat auch im Fluß gebadet. Wir haben's vergessen«, erklärte Dalim sorgenvoll.

»Auf nichts kann man vertrauen«, stöhnte Mak Buruk und brach unversehens inmitten der teilnahmsvollen Menge in Tränen aus. »Ich hatte es euch beiden doch gesagt. Wenn ich ihn nicht selbst holen kann! Ich bin ja schon drei Tage krank, mir tun alle Gelenke weh. Warum hast du bloß Tompang nicht geholt? Waren denn die Flugzeuge schon da?«

»Ich wollte ihn ja holen, aber der Posten auf der Straße hat mich sofort in den Unterstand geschickt. Er hat mich nicht durchgelassen«, erklärte Dalim mit erloschener Stimme. Er begann selbst zu weinen.

Es begann ein ununterbrochenes Schießen, manchmal donnerten die Abschüsse, manchmal klang es nur wie Gongschläge. Ab und zu hörte man mitten im

Getöse der B 24 und der B 29 auch das Krachen der Bomben im Reihenabwurf. Das Dröhnen der Flugzeuge schwoll beständig an und flößte immer mehr Angst ein. Die Menschen im Unterstand umarmten einander und versuchten sogar, sich aus Furcht zusammenzukrümmen.

Mak Buruk umschlang Dalim ganz fest, daneben umarmten sich Simah und Sakinah noch enger. Die alte Frau schluchzte, weil man sie nicht hinausließ. Dalim preßte seine Augen an Mak Buruks Schulter und verbiß seinen Kummer. »Was wird mit Tompang sein, Mak Buruk?« fragte er. Eine Kette von Bombendetonationen vereitelte für eine Weile, daß irgendjemand dort antwortete.

»Vor einer Woche haben sie Geylang bombardiert«, meinte Said Ayub und strich sich mit zitternder Hand seinen Bart. »Hunderte sind dabei umgekommen. Danach haben sie Tanjung Pagar bombardiert. Bomben, Bomben, immer nur Bomben!«

»Was haben wir alle nur gesündigt«, flüsterte Mak Buruk, von Schluchzen geschüttelt. »Was ist bloß unsere Schuld? Wir haben den Krieg doch nicht gewollt...«

Weder nach Kallang noch zur Beach Road kamen noch viele Barken oder Praus, die Waren brachten. Der ständig fortdauernde Krieg bewirkte eine Einschränkung der Transporte, ja sogar an Lebensmitteln mangelte es immer mehr, außer für die japanischen Soldaten. Am Nachmittag fühlte sich Giap Hong noch nicht ermüdet, wie er es an einem Arbeitstag eigentlich hätte sein müssen. Am Morgen war nur eine einzige Barke eingelaufen und hatte einige Säcke Reis gebracht, die gelöscht und in das Vorratslager der Marinebasis transportiert wurden. Man nahm an, mittags werde eine Prau kommen, aber wegen des Sirenengeheuls erschien sie nicht. Nun sollte laut Plan die Prau zusammen mit einer anderen Barke am Nachmittag einlaufen. Aber es war bereits vier Uhr nachmittags und noch kein Segel in Sicht.

Kam Seng schlief schon eine halbe Stunde mit bloßem Oberkörper unter einem Saga-Baum. Nur Tian Choh lehnte sich an einen Poller für die Taue der Barke und pfiff das Lied Shina-no-yoru. Seine auf die See gerichteten Augen erfaßten in der Ferne zwei, drei pünktchengroße Schiffe. Giap Hong fühlte sich ein wenig erfrischt, denn nachdem er mittags einen mit Kassaven vermischten Brei geschluckt hatte, schwatzte er ausführlich mit Kam Seng und Tian Choh über verschiedene Dinge. Heimlich hatte er ein Brecheisen und Sackhaken geschliffen, aber nichts davon verlauten lassen, obschon ihm mehrmals die Zunge hatte ausrutschen wollen.

Tian Choh selbst hatte auch am Mittag seine Anteilnahme bekundet. Er diskutierte eifrig und pfiff nicht nur ständig wie sonst. Er erkundigte sich nach Giap Hongs Kind, nach der Gesundheit von dessen ewig von Malaria geplagter Frau, und, was wichtig schien, auch nach Giap Hongs Selbstbeherrschung. Kam Seng hatte in Wahrheit schon viel über Giap Hong berichtet, und an diesem Mittag wuchs die Wißbegierde von Tian Choh.

Während er zu dieser Zeit den Brei in den Mund schob, schilderte Giap Hong, wie sein Vater in den Händen der Japaner umgekommen war. »Mußt du denn diese traurige Sache jetzt erzählen?« fragte Kam Seng, der schon einiges über diese Geschichte wußte. »Ich muß nicht«, erwiderte Giap Hong. »Ich will ja nur erklären, wie grausam die Japaner sind«, setzte er hinzu.

Giap Hong konnte sich ganz genau an das Vorkommnis erinnern. An jenem Morgen um elf Uhr stürzte das gegenüber seinem Haus stehende Gebäude ein, das von japanischen Granaten aus Bukit Timah vor zwei Tagen getroffen worden war. Australische und Gurkha-Soldaten mit breiten Hüten wurden zur Reinigung von Abflußgräben und Beseitigung von Abfall und Unrat entlang der Straße eingesetzt, wobei japanische Soldaten mit geknifften Kappen und in den Nacken hängenden Bändern rauhe Befehle schrien. Obwohl zu dieser Zeit völlige Ruhe herrschte und nicht wie üblich unaufhörlich Granaten oder Bomben detonierten oder Maschinengewehre knatterten, fühlten sich Giap Hong und seine Familie doch nicht in Sicherheit. Sie hörten von Nachbarn, die Lebensmittel aus dem anstoßenden Vorratslager geplündert hatten, daß alle Chinesen herauskommen sollten, um von den Japanern durchsucht zu werden. Die Chinesen aus Tanjung Pagar hatte man schon zur New Bridge Road gebracht und zu dieser Durchsuchung herausgezogen. Die meisten der alten Leute, Frauen und Kinder durften zu dieser Zeit wieder nach Hause gehen, wohingegen die Mehrzahl der jungen Männer eingesperrt wurde.

Giap Hong berichtete seinem Vater über diese Entwicklung der Lage und bat ihn, er möge davon die Mutter nichts wissen lassen, die tatsächlich verzagt und schon drei Monate lang vor der britischen Kapitulation krank gewesen war. Besorgt betrachtete Giap Hong den auf dem Rücken seines Vaters eintätowierten Drachen, weil er gehört hatte, daß die meisten der Gefangengesetzten eine Tätowierung besaßen.

Während sie Reisbrei mit Sardinen als Beilage aßen, die sie gerade von ihren Nachbarn bekommen hatten, schlug ein japanischer Soldat mit ungepflegtem Bart an die Tür. Aus einer Sprache, die dem Sprechenden und dem Hörenden schwer verständlich war, konnte Giap Hong doch erraten, daß er und seine Familie hinauskommen sollten. Er nickte, aß seinen Brei auf und trat beklommen hinaus, sah sich um und stellte fest, daß tatsächlich einige Dutzend Chinesen sich bereits auf dem Weg zur Syed Alwi Road befanden, wo sie sich versammeln sollten.

Giap Hong hatte seinen Vater schon instruiert, er solle keine Furcht zeigen, wenn er an der Reihe sei, aber der alte Mann, dauernd von den Granaten, Bomben und Maschinengewehren erschreckt, wozu noch Malariaanfälle, Beri-beri und Nahrungsmangel kamen, war verunsichert. Sie stellten sich an den Straßenrändern auf und warteten, daß die Reihe an sie kam, einen stacheldrahtbewehrten Kontrollpunkt mit auf den Gewehrläufen aufgepflanzten Bajonetten und blitzenden Maschinengewehren zu passieren, die bereit schienen, sie zu verschlingen.

Giap Hong selbst konnte seinen Vater nicht festhalten, als dieser unvermutet losrannte, an anderen Gefährten vorbei, die zitternd darauf warteten, an die Reihe zu kommen, vorbei auch an japanischen Soldaten, die gerade Gefangene durchsuchten, dann die Streben der grünen Brücke erklomm, um sich darunter zu verstecken. In diesem Augenblick knallte schon ein Schuß, der Vater Giap Hongs schrie einen Moment auf, als er in den Fluß stürzte, wieder auftauchte und heftig blutend abtrieb.

»Könntest du das verzeihen?« fragte Giap Hong, als er sein schmerzliches Erlebnis Tian Choh erzählt hatte, der mit offenem Mund, entsetzt und wütend zuhörte. »Ich kann es nicht. Bis jetzt träume ich noch von dieser Sache, ich kann sagen, jeden Monat. Ich kann es nicht vergessen.«

Giap Hong seufzte tief auf, voller Rachsucht in der Brust. »Einen Monat haben sie mich eingesperrt. Als ich herauskam, kehrte ich nach Hause zurück. Meine Mutter war nicht mehr da. Die Nachbarn sagten, daß sie eine Woche später gestorben ist, nachdem sie gehört hatte, daß mein Vater an der Brücke ermordet worden ist.« Unversehens preßte Giap Hong heftig die Lippen zusammen, schloß die Augen, fühlte die Tränen aufsteigen, schluchzte auf und weinte dann so heftig wie ein kleines Kind. »Wer kann das verzeihen, wer?« schrie er. Auch Kam Seng und Tian Choh kamen die Tränen, obwohl beide versuchten, sie zu unterdrücken, indem sie die Nase mit der Hand bedeckten und die Lippen zusammenkniffen.

»Eben deshalb..., gerade deshalb halte ich Ling Po davon ab, jetzt nach Ipoh zurückzukehren. Es ist ja nicht bloß schwierig, in solchen Zeiten wie jetzt nach Ipoh zu kommen, aber solange ich nicht Rache genommen habe, gehe ich nicht von hier weg«, erklärte Giap Hong, der noch immer gegen sein Schluchzen ankämpfte.

Er blickte auf Kam Seng, der mit offenem Mund unter dem Saga-Baum schlief. Kam Seng zuckte mit den übergeschlagenen Beinen, weil sich dort überaus viele Fliegen niederließen, obwohl am Meeresufer ein heftiger Wind wehte. Giap Hong glaubte, sein Kamerad habe vergessen, daß ihr Aufenthaltsort noch immer durch Bomben und Granaten gefährdet, noch ungerecht mit Lebensmitteln versorgt, noch verschmutzt durch Unrat und Bakterien, noch durch hin und wieder stoßweise auftretende Seuchen in Gefahr war. Kam Seng träumte wahrscheinlich gerade davon, auf einer mit den verschiedensten Lebensmitteln beladenen Barke zu weilen, mit stets zum Lächeln aufgelegten Kellnern und mit einschmeichelnder Musik. »Er träumt so schön, störe ihn nicht!« sagte Giap Hong, als Tian Choh seinen Kameraden rütteln wollte, weil sie in einer halben Stunde heimgehen durften. Giap Hong schwatzte mit Tian Choh eine Weile darüber, was vielleicht morgen geschehen werde und was sie planten, wenn der Krieg demnächst zu Ende gehe, bevor beide wieder in ihre Fantasiewelt und ihre persönlichen Erinnerungen eintauchten. Tian Choh fiel die Melodie von Sina-no-yoru erneut ein, und er pfiff sie noch andächtiger. Giap Hong grübelte und gab sich einer neuen Überlegung hin: was er in ein, zwei Wochen tun werde.

»Wozu schärfst du das Eisen?« hörte er Ling Po fragen, die noch blaß und mit untergeschlagenen Beinen neben dem Waschraum saß. »Es ist doch schon scharf. Du willst doch keine Bretter durchbrechen; wenn du das wolltest, hättest du es ja schon lange gemacht.«

»Ich hab's für etwas anderes vorbereitet, Liebe«, erwiderte Giap Hong und sah seine Frau mit einem kurzen Lächeln an. »Was richtig scharf ist, kann man vielseitig verwenden. Wahrscheinlich nicht jetzt, aber wer weiß, eben morgen, übermorgen oder in ein, zwei Wochen.«

Ling Po fragte nicht weiter. Das Versprechen Giap Hongs, daß er sie nach Ipoh zurückbringen werde, sobald der Krieg vorüber sei, beruhigte sie schließlich. Ein Lächeln, allerdings nicht ganz so reizend wie als Jungverheiratete, konnte sie noch zustandebringen, besonders als Giap Hong erklärte, daß die Flugblätter, die die B 24 und die B 29 neulich abgeworfen hatten, darauf hinwiesen, Japan sei schwer geschlagen und werde in Kürze kapitulieren.

Giap Hong rüttelte seinen Kameraden wach, als einige andere Kulis mit ziemlich erschöpftem Gesichtsausdruck sich auf den Weg machten, obgleich sie doch nach halb elf morgens gar keine Waren ausgeladen hatten. »Es geht nicht, wenn du bloß in deinen Träumen lebst«, murrte Giap Hong, als Kam Seng breit lächelnd mit den Augen zwinkerte. »Wenn du eben schlafen willst, dann komm schnell mit nach Hause«, fuhr er fort. Und in seinem Inneren drängte es ihn, das Brecheisen und den Haken für Reissäcke zu schärfen, wenn seine Frau nicht darüber schimpfte. »Alles, was scharf ist, muß auch sein Opfer bekommen«, brummte Giap Hong und rückte seine falschen Zähne zurecht. Und dieses Opfer hatte er sich im Kopf schon länger als zwei Monate ausgemalt.

Katayama stand vor einem großen Spiegel, den er aus einem chinesischen Haus geholt hatte, eine Woche nach der britischen Kapitulation. Der Spiegel war rechteckig, zwei Fuß breit und ungefähr vier Fuß hoch. Obwohl er ein verzerrtes Bild zeigte, wenn man von weitem hineinsah, war sich Katayama doch darüber im klaren, daß er dick aussah, sein großer Kopf nur noch einen Haarkranz besaß, seine Beine für seinen Körper zu klein wirkten und ihn nicht so schneidig wie Yoshishide aussehen ließen, seinen Kameraden, der ihn stets unterstützte, als sie noch in Osaka waren. Dessenungeachtet durfte Katayama stolz sein, weil er zumindest seit seinem Aufenthalt in Mandalay sich immer wieder ein Mädchen angelockt hatte, zuerst in Songkhla, dann in Patani, in Kota Baru und nun auch in Singapur. Für diese Nacht genau um elf Uhr hatte er mit Salimah verabredet, sie solle kommen und durch die kleine, mit einem Vorhängeschloß versehene Tür eintreten, die er offenhalten werde. Yoshishide und Jukichi hatten ein Einsehen, und ihre Hilfe ermöglichte diese Beziehung auch: Salimah bot ihren Körper, Katayama bot Eßbares.

Bereits eine Woche hatte er nichts mit Salimah anfangen können, und sie sagte ihm zu, in dieser Nacht bereit zu sein. Katayama pfiff vor dem Spiegel das Lied Murasaki-kemuru, aber das Pfeifen brach sogleich ab, als Jukichi nur mit einem Lendentuch bekleidet hereinkam. »Hmmm, willst sie wohl bearbeiten heute nacht?« fragte Jukichi, der einen dichten Schnurrbart trug. Katayama nickte grinsend und ging, um ein Paket zu kontrollieren, das schon neben seinem Ruhebett bereitlag. »Hab' eine Woche bloß gedüngt, heute nacht wird gepflügt«, erklärte er.

»Yoshishide sagt, du hast dich nicht sehr verändert. Früher in Osaka, da hast du doch das kleine Gärtchen hinter dem Haus fertiggepflügt. Und in Songkhla, in Patani, in Kota Baru und jetzt hier pflügst du auch. Demnächst wirst du wohl eingehen, wenn du so weiter pflügst«, meinte Jukichi lachend.

»Bin bereit«, sagte Katayama und strich über seinen Haarkranz. »Wenn du meine Gestalt ansiehst, hab' ich natürlich wenig Glück, aber, na ja, überall steht es gut für mich. Ich hoffe, das bleibt bis ins Alter so.«

»Aha, also bis ins Alter. Und was willst du dann mit Omatsu anfangen?« erkundigte sich Jukichi, spöttisch die Lippen kräuselnd.

»Wenn ich am Leben bleibe und nach Hause komme, wird sie meine Frau, wenn sie mich noch liebt«, erklärte Katayama. »Hmm, aber warum mahnst du mich denn an all das? Wir führen Krieg, vielleicht komme ich um, da mußt du mir doch eine Chance geben. Laß mich nur gehen, zum Pflügen...« fuhr er fort, bückte sich, nahm das Paket neben dem Ruhebett, ging dann los, indem er sich verneigte. An der Tür blieb er stehen und betonte: »Ach ja, sagt Yoshishide Bescheid, er soll die Hintertür nicht verschließen, wenn ich dann draußen am Fluß unter der Brücke bin. Und richtet den Scheinwerfer nicht unter die Brücke!«

»Ist gut. Heute bist du dran«, meinte Jukichi, streifte seinen Lendenschurz ab und schlug sich dann auf seine beiden Schenkel, deren Fleisch schwabbelte.

Katayama wartete unruhig auf der Bank hinter dem unbrauchbaren LKW. Mehrmals faßte er nach dem mitgebrachten Paket, und dann versuchte er, seinen eigenen Körpergeruch festzustellen. Er hatte vergessen, das Parfüm zu benutzen, das Yoshishide gehörte, aber er hatte sich mehr als zweimal abgeseift, als er gebadet hatte. Ausgeschlossen, daß Salimah nicht kam, murmelte er vor sich hin. Vor zwei, drei Tagen habe er ihr ja gar nichts Richtiges gegeben, dachte er wieder. Bestimmt hatte sie nichts mehr zu essen und brauchte neue Unterstützung.

Nach zehn Minuten schnürte Katayama seine Schuhe auf, weil er Hitze im Fuß spürte. Zunächst zog er nur einen aus, aber als zwei, drei Minuten vergangen waren, schlüpfte er auch aus dem linken Schuh. Er stellte sich auf die Bank und strich über die kleine, selbstverständlich bereitliegende Matte. Aus dem defekten LKW zog er ein darin verborgenes Kissen und legte sich dann nieder, wobei er versuchte, seine begehrlichen Gefühle zu zügeln.

Als er so dalag, stellte er sich Omatsu vor, die mit ihm die Schule besucht, sie aber dann nach dem Tod ihres Vaters abgebrochen hatte, weil sie ihrer Mutter helfen mußte, ihre sechs Geschwister durchzubringen, alle unter fünfzehn Jahre. Omatsu war kleiner als er, hatte aber ein rundes und reizendes Gesicht. Ein schräg stehender Zahn ließ ihr Lächeln stets entzückend erscheinen, was durch ganz tiefe Grübchen noch unterstützt wurde. Zwei Tage, bevor er mit dem Flugzeug nach Birma transportiert wurde, um dort abgesetzt zu werden, hatte er Omatsus Hand und Wange gehalten. Er hatte am ganzen Körper gezittert, als Omatsu weinte und zuließ, daß er sie auf die Wange küßte. Auf dem gesamten Flug nach Birma konnte er nicht schlafen, und als er da am Fallschirm im birmanischen Himmel hing, wußte er nicht, ob er in der Luft segelte oder in seiner eigenen Fantasiewelt schwebte. Während seiner Irrfahrten auf den Kriegsschauplätzen hatte er mehr als zwölf Briefe an Omatsu geschrieben, aber nur dreimal eine Antwort erhalten. Danach weitete sich der Krieg aus, und sämtliche Verbindungen wurden beeinträchtigt. Er schrieb keinen Brief mehr, und auch von Omatsu kam keine Nachricht. Seine Sehnsucht nach ihr mußte vor der real anwesenden Salimah zurücktreten.

Salimah war größer als Omatsu, soweit sich Katayama erinnern konnte, sogar ein, zwei Zoll größer als er. Sie hatte dichtes, kurzgeschnittenes Haar. Ihre Haut schien wohl nicht so weiß wie die von Omatsu, sah aber cremefarben aus, für Menschen des malaiischen Archipels verführerisch.

Salimahs scharfgeschnittene Nase und ihre dichten schwarzen Brauen unterschieden sie außerdem von Omatsu. Deren Nasenrücken war flacher, und die dünnen Brauen bestanden aus fünf, sechs nebeneinanderstehenden Haaren. Ein weiterer Unterschied bestand darin, daß Omatsu sich mit ihm unterhalten konnte, wohingegen Salimah ihre Arme gebrauchen mußte: Umarmungen bezeugten Gefallen und Zuneigung, Abwehr aber Unmut. Wahrscheinlich gab es heute nacht Abwehr, dachte Katayama, weil weitere fünf, sechs Minuten vergingen.

Katayama legte sein Ohr an die Wand, denn er merkte, daß sich Schritte näherten. Diese aber schienen innezuhalten, als er das Ohr fester an die Wand preßte. Er schüttelte den Kopf und ärgerte sich, weil er Unsinniges dachte. Er zog das Kissen zurecht, legte seinen Kopf richtig auf dessen gewölbte Mitte. Osaka kam ihm wieder ins Gedächtnis. Wer wußte, was Omatsu wohl jetzt tat. Ob sie noch eifrig die Mutter und ihre Geschwister unterstützte oder mit dem Ausheben von Unterständen beschäftigt war? Denn vor einer Woche hatte sich eine ungute Nachricht verbreitet. Amerika erstarkte; Großbritannien und Rußland, China eingeschlossen, stellten sich vereint gegen Japan, Deutschland und Italien. Die Bombenangriffe nahmen ständig zu – Italien war schon fast in die Knie gegangen. Deutschland wurde immer schwächer, und Japan?

Ja, man gewann eben nicht immer im Krieg, dachte Katayama. Auch eine Niederlage gehörte zur Kriegführung, ergänzte er. »Aber das alles ist jetzt unnötig. Krieg soll Krieg bleiben. In meinem Herzen findet jetzt auch ein Krieg statt, und der tobt noch viel mehr.«

Diesmal hörte er das Tappen von Füßen ganz deutlich. Katayama erhob sich sogleich, zog die Matte zurecht und klopfte auf das Kissen, damit die Füllung sich wie gewöhnlich verteilte. Mit den Füßen tastend suchte er nach seinen Schuhen, schlüpfte zuerst mit dem rechten in den linken und mit dem linken Fuß in den rechten Schuh. Er fuhr sich durch die Haare und holte tief Atem, bevor er wieder ausatmete, als wolle er alle Ungewißheit vertreiben, die seine Brust bedrückte. Und als das Schlurfen der Füße nach seinem Empfinden gerade an dem Eingang aufhörte, an dem er wartete, öffnete er vorsichtig die quietschende Tür. Er erschrak.

Die Leute schwatzten eifrig über die Bomben, die am

Fluß, an der Brücke, vor der Moschee und mitten im Schulgelände am vergangenen Morgen detoniert waren. Eine Häuserreihe gegenüber der Moschee war eingestürzt und zwei, drei waren abgebrannt. Auf der Hauptstraße neben der Schule lagen ausgestreckt fünf, sechs Tote. Die Fahrleitungen der Straßenbahn, ein Straßenbahnwagen und zwei zertrümmerte und ausgebrannte Fahrzeuge versperrten die Straße. Zwei Fahrradrikschas hatte es zusammengedrückt und in einen Abwassergraben neben der Schulmauer geschleudert, die eingefallen war. Zwei Ellen davon entfernt lagen zwei blutige Gestalten, und etwa zwei Ellen von diesen Leichen ein menschliches Bein. Der rote Hydrant am Straßenrand links der Moschee war zerborsten, das Wasser sprudelte unaufhörlich und überschwemmte die teilweise aufgerissene Straße.

Irwan bekümmerte sich nicht um die aufgeregten Leute außerhalb des Moscheegeländes. Ihn berührte das Geschehen draußen nicht; was innerhalb der Moschee geschah, ging ihn an. Einen Teil einer Kokospalme hatte es fortgeschleudert, in Brand gesetzt und auf einen Grabstein fünf, sechs Ellen von dem Unterschlupf geworfen, der ihm und Mulyadi Schutz bot. Dessen Krankheit verschlimmerte sich ständig. Auch den Kenanga-Baum hatte es teilweise verbrannt, doch stand dieser ziemlich weit weg von dem gemauerten Grab, ihrem Obdach. Irwan stand auf und zerrte die alte Matte zurecht, die ihr Dach gegen Hitze und Regen bildete. Dann ließ er sich wieder nieder und wandte sein Gesicht

Mulyadi zu, der vor zunehmenden Schmerzen stöhnte. »Ich denke nicht, daß ich am Leben bleibe, Irwan«, ächzte Mulyadi. Die Geschwüre am Fußknöchel und am rechten Knie vergrößerten und verschlimmerten sich ständig, wenn sie auch mit einem in Streifen gerissenen alten Kain verbunden waren. »Der Mensch kann nicht ewig leben, Irwan«, setzte er hinzu, außerstande, seinen Blick nach links und rechts zu wenden.

»Bis jetzt bist du bloß krank, bis jetzt lebst du noch, und du bleibst am Leben, Mulyadi. Mach dir keine Sorgen!« versuchte Irwan ihn zu trösten. »Du sollst nichts Unsinniges denken, und du sollst nicht das Essen verweigern. Nur das. Tu, was ich dir sage...«

»Ich tue ja, was du sagst, Irwan. Du bist wirklich ein guter Kamerad. Aber... aber wenn die Todesstunde da ist...«

»Wer sagt, daß deine Todesstunde da ist?«

»Sieh doch meinen Zustand an! Ich bin ja kein Mensch mehr, und das weißt du, nicht wahr? Ich bin eine Leiche...«

»Ich hab' gesagt, du sollst nicht solchen Unsinn reden«, würgte Irwan hervor, der sich in diesem Augenblick gleichfalls erschöpft und dem Weinen nah fühlte. Er zog an dem jämmerlichen zusammengestückelten Kain, der als Decke diente, um damit Mulyadis zitternde Beine zuzudecken. »Du bekommst etwas zu essen; ich werde etwas finden. Dann wirst du wieder kräftig und gesund, und dann können wir wieder gemeinsam suchen, was wir zum Leben brauchen. Im Fluß gibt es jetzt noch viel Eßbares«, bemühte sich Irwan, seinen Kameraden zu überzeugen, während es doch von Tag zu Tag immer mehr Anstrengung erforderte.

»Du sollst nicht lügen, Irwan«, versuchte Mulyadi zu lächeln, brachte es aber nicht zustande. »Ich weiß, ob etwas einfach zu kriegen ist oder nicht. Nur gestern abend hattest du guten Zwieback...«

»Vergiß es«, sagte Irwan, erhob sich, suchte eine alte Blechbüchse und rückte zwei flache Steine zurecht, die sie immer als Herd neben der Grabmauer benutzten. Er brachte drei, vier Stücke vom Gummireifen eines Fahrrads hervor, die er schon zurechtgeschnitten hatte, legte sie in den Herd und entzündete sie mit einem Streichholz, das er erst fünf-, sechsmal anreißen mußte, bevor es brannte.

»Was willst du denn noch kochen? Ich mag nichts mehr essen«, erklärte Mulyadi und versuchte, an der umwickelten Beule am Knie mit zitternder Hand zu kratzen. Seine weit offenen Augen brauchten offensichtlich lange, um nach unten zu blicken, zum Knie und dem Fußknöchel, die er ein wenig anzuheben versuchte. »Gestern nacht habe ich geträumt«, sagte er.

»Glaube nicht zu sehr an Träume«, versetzte Irwan und kratzte sich den welligen Haarschopf, dann schob er die schiefstehende Blechbüchse auf dem Herd zurecht. Der als Feuerholz dienende Gummi brannte schon und verbreitete einen stechenden Geruch. »He, du, heb die Beine nicht an, kriegst sonst einen Rückfall. Ich hab' sie doch schon umwickelt, laß sie still liegen.

Ruh dich aus! Ich koche das Wasser ab, und das trinkst du dann…«

»Wozu Wasser kochen; du weißt, ich trinke frisches Wasser…«

»Wenn man nicht krank ist, macht das nichts. Aber jetzt bist du krank. Streng dich nicht an. Laß mich das machen. Ruh dich aus!« sagte Irwan und schob den brennenden Gummi mit einem feuchten Ast zurück.

Sie schwiegen.

Irwan starrte ins Feuer, das schwarzen Rauch entwickelte, der sich nach oben wand. Er strich über den gelben Beutel und spürte noch viele Gummistücke. Vor zwei Tagen hatte er nach dem Bombenabwurf ein völlig verbogenes Fahrrad gefunden und dessen Reifen entfernt, um sie statt Feuerholz zu gebrauchen. Er gähnte und blickte auf Mulyadis zitternden Mund.

Fünf-, sechsmal in der Nacht erzählte Mulyadi Ungereimtheiten, aber er hatte auch einen Auftrag für Irwan. »Wenn du bei Kriegsende heil davonkommst und ich bin tot, so geh bitte nach Semarang. Suche meine Frau auf und sage ihr Bescheid über mich. Aber sage nicht, daß ich auf diese Weise umgekommen bin. Sag' ihr, daß ich von einer verirrten Kugel getötet worden bin. Erzähle nicht, daß ich in diesem gemauerten Grab gegessen und geschlafen habe. Sag', ich hätte eine Kammer gemietet.« Mulyadis Stimme klang wahrhaftig bewegend. »Ach ja, und gib doch bitte diese Stoffpuppen meiner Tochter. Yati ist jetzt bestimmt noch hübscher. Die Puppen sind doch in dem Beutel, nicht?«

»Ja, ja«, bestätigte Irwan, der sich an die Puppen aus Stoffresten erinnerte, die sie in dem Beutel des britischen Gefangenen gefunden hatten, den dieser im Fluß hatte fortschwimmen lassen.

»Und mein Kleiner, ja, der versteht noch nichts. Ist egal. Ihm gibst du einfach die Spielkarten«, fuhr Mulyadi fort und zeigte nochmals auf den Beutel neben seinem Kopf. Auch diese Spielkarten hatte er in dem Beutel des britischen Gefangenen entdeckt. »Wenn du sie ihm zeigst, ob er dann große Augen macht oder das Gesicht verzieht…?«

»Warum erzählst du das alles, Mulyadi? Weshalb über Unwahrscheinliches schwatzen?« fragte Irwan, der das schmerzliche Vermächtnis nicht anhören wollte, obwohl auch er glaubte, daß dies wahrscheinlich Mulyadis Letzter Wille war, weil dessen Gesundheit sich von Tag zu Tag verschlechterte. Fast eine Woche lang hatte er unaufhörlich Malariaanfälle, und bisweilen schüttelte es ihn derart, daß Irwan bei dem Anblick selbst die Tränen kamen. In seinen Geschwüren pochte es immer heftiger, und sie bedeckten sich weiter mit riesengroßen Fliegen. Mulyadis hohlwangiges Gesicht hatte, als er ihn vor zwei, drei Monaten kennenlernte, dennoch nicht so schlimm ausgesehen wie jetzt. Wahrscheinlich hätte ihn seine eigene Frau nun nicht mehr erkannt. Die Haut seiner Ohren war aufgesprungen, seine Augen ausgetrocknet, seine Nase von beginnender Krätze gezeichnet, seine Lippen welk, sein dichtes Haar schmutzig und sein Zeigefinger umwickelt, weil er ihn sich einen Monat zuvor zwischen Balken eingeklemmt hatte.

»Versprichst du, daß du ihn ausrichtest, Irwan?« fragte Mulyadi.

»Was?«

»Meinen Auftrag an Frau und Kinder...«

»Darum brauchst du keine Angst zu haben.«

»Versprichst du's?«

Irwan nickte und hielt die Tränen zurück. »Ja.«

»Was?«

»Ich habe gesagt: ich verspreche es«, erwiderte Irwan und ließ den Kopf noch tiefer sinken.

»Du weinst, Irwan?«

Irwan vermochte nichts mehr zu verbergen. Er nickte. »Ja, ja. Ich weine. Du darfst nicht weiter so reden. Wenn du so sprichst, muß ich weinen«, murmelte Irwan.

Mulyadi schwieg ein Weilchen. Danach erklärte er, daß er ja nur deshalb so rede, weil er wahrscheinlich nun zum letzten Mal ihm etwas auftragen wolle. Er wiederholte nochmals, daß alle Menschen auf ihre eigene Art sterben. Nach seiner Meinung war die seinige besonders traurig. Er sterbe auf einem Grab im fremden Land, fern von seinen Kindern und seiner Frau. Und noch schlimmer sei der Tod in einem so jammervollen Zustand.

»Genug, Mulyadi, ich will nichts mehr hören«, unterbrach Irwan ihn und machte Anstalten aufzustehen.

»Bitte, Irwan, hör mir noch ein bißchen zu...«

»Laß mich gehen und für dich eine Medizin suchen...«

»Ich brauche keine Medizin mehr, Irwan.«

»So laß mich etwas zu essen suchen.«

»Ich brauche nichts zu essen.«

Das Feuer hatte schon viel von dem brennenden Gummi verzehrt. Irwan legte zwei Stücke nach. Das Wasser, das die einfache Blechbüchse nur zur Hälfte füllte, begann zu brodeln. Irwan schaute zu und dachte an die brausenden Wellen, als ihn das Schiff von Pekalongan davontrug. Die Erinnerung verfolgte ihn wieder. Damals hatte er Mulyadi noch nicht kennengelernt; sie saßen alle dichtgedrängt auf dem Schiffsdeck, und es schauderte sie, weil sie dem Nebel und dem beißenden Nachtwind ausgesetzt waren. Zufällig hockte Mulyadi an seiner Seite, neben einem Knäuel großer Taue und verschiedenen Besen. Sie erkannten ihre beiderseitigen Gesichter nicht, spürten nur ihre hastigen Atemzüge, die ihre Unruhe und Ungewißheit widerspiegelten, Frau und Kinder samt der Verwandtschaft zu verlassen.

In der Nacht schrie ein noch nicht zwanzigjähriger Bursche auf und bat, freigelassen zu werden; danach stürzte er sich ins Meer, bevor ihn noch jemand zurückhalten konnte. Sein Angstschrei erscholl mitten in der Nacht besonders heftig, aber danach verschluckten ihn der Wind, die Wellen und die Geräusche des Schiffes wie auch die Aufregung derer, die darauf fuhren. Damals begannen Mulyadi und Irwan über die Torheit zu reden, ins Meer zu springen und dabei den Tod zu suchen, wenn doch das Leben, das vor ihnen lag, vielleicht noch Gutes bringen konnte. »Alle Leute machen viel durch in jetzigen Zeiten«, meinte Mulyadi, »aber warum soll man sein Leben so sinnlos wegwerfen?« Drei Stunden später überfiel die Sucht, in die See zu springen, auch einen alten Mann, der an seine Enkelin dachte. Er sprang über Bord und schrie dabei deren Namen: »Fatimah, Fatimah! Fatimah, meine Enkelin!« Danach nahmen nur die Wellen seinen Schrei auf. Kein Mensch wußte, wie oft der Alte unter- und wieder aufgetaucht war, bevor er endgültig versank.

»Woran denkst du, Irwan?« fragte Mulyadi plötzlich, der wohl wußte, daß sein Kamerad nicht über die brennenden Gummireifen grübelte. »Bist du noch in dieser Grabstätte hier oder schon in Pekalongan, bei deinen Geschwistern?«

»Bin noch hier«, gab Irwan zur Antwort, der nicht erklären wollte, daß er eben an die erste Tragödie dachte, als sie noch auf dem Schiff fuhren. »Sei nicht mutlos, ich bin ja noch hier, an deiner Seite…«

»Ja, noch an meiner Seite«, wiederholte Mulyadi leise. Seine Lippen zitterten stärker. Er versuchte, seine Beine anzuziehen, damit sich die summenden Fliegen ein Weilchen verzogen. »Aber eigentlich geht es um mich. Wie lange kann wohl ich noch an deiner Seite sein?«

»Ich bin an deiner Seite, du an meiner, bis der Krieg

vorbei ist. Wir sind hier beieinander und kehren miteinander dann heim«, behauptete Irwan.

»Wir kehren miteinander heim...«

»Ich sage doch: wir kehren miteinander heim. Wir sind mit dem Schiff hergekommen, wir kehren auch mit dem Schiff zurück. Du nach Semarang, ich nach Pekalongan. Aber bestimmt kommen wir nach Hause...«

»Ich werde wohl auch heimkehren, Irwan. Nicht nach Semarang; ich kehre heim ins Grab. Jetzt sind wir beide noch auf dem Grab, bald werde ich darin liegen«, sagte Mulyadi.

Irwan fühlte einen heftigen Druck auf seinen Magen. Solche Worte von seinem kranken Kameraden rührten an sein eigenes Herz, denn wenn Mulyadi tatsächlich sterben würde, blieb er ganz allein zurück, niemand würde sich um ihn kümmern, er würde mit niemandem reden können, keine Verantwortung mehr tragen, keinen Kameraden mehr als Halt haben...

»Mulyadi, das ist nun aber das letztemal, ja? Ich sage dir, du sollst nicht solch trübsinniges Zeug reden. Ich sage dir, du wirst nicht sterben, du wirst nicht sterben...«

»Du bist nicht Gott...«

»Nein, ich bin nicht Gott. Aber ich sage dir, du wirst nicht sterben, du wirst nicht...«

»Nur Gott allein weiß, ob Seine Geschöpfe sterben oder nicht. Du bist nicht Gott«, wiederholte Mulyadi, als wolle er Irwan absichtlich einschüchtern. »Sieh dir doch meinen Körper an! Sieh meine Geschwüre, mein

Gesicht an! Siehst du meine Hände? Ist das nicht alles schon wie bei einer Leiche, nicht mehr wie bei einem lebendigen Menschen?«

»Laß sein; Mulyadi, ich will es nicht hören, ich will es nicht«, bekräftigte Irwan, stand auf, ging weg, blickte über die Mauer des Moscheehofes, beobachtete die sich schlängelnden Fahrleitungen der Straßenbahn, den Wagen und die zertrümmerten Fahrradrikschas ebenso wie das aus dem Hydranten sprudelnde Wasser. Nicht weit entfernt von einem Ansena-Baum vor der Schule hielt ein Abfallkarren. Zwei schmutzige, ausgehungerte Kulis kamen und luden die ausgestreckt daliegenden Leichen auf.

»Irwan!« hörte er Mulyadi mehrmals mit zitternder Stimme nach ihm rufen.

»Genug, Mulyadi! Ich will nichts mehr hören!« schrie er zurück.

5

In der Dämmerung kam Baharum, nur mit einer Hose bekleidet, vom Fluß herbeigerannt und schwenkte Flugblätter in beiden Händen. Sein so schon länglich wirkender Kopf sah durch den Schwung noch langgestreckter aus und ließ Dalim, der gerade mit ausgestreckten Beinen zusammen mit Tompang an der Fensteröffnung saß, in schallendes Gelächter ausbrechen. Natürlich hatten alle Leute längst erfahren, daß in der vergangenen Nacht zwei B 24-Bomber abgeschossen worden waren und die Wracks öffentlich gezeigt wurden. Susay und Karim waren schon gegangen, um sie sich anzusehen, und erzählten, man könne nur Teile der Tragflächen, einen Propeller, die Monturen der Piloten einschließlich einiger Flugblätter besichtigen. Die Piloten selbst, hieß es, seien am Leben, würden aber nur bestimmten Personen vorgeführt, aus Gründen der Sicherheit.

»Wer möchte ein abgestürztes Flugzeug sehen, wer noch?« schrie Baharum und zeigte seine vier Zahnlücken. »Ich hab's schon gesehen«, setzte er hinzu.

»Du hast bloß eine kaputte Barke gesehen!« brüllte Dalim, und Tompang, der an seiner Seite mit dem Kopf schüttelte, wiederholte: »Ja, du hast bloß eine kaputte Barke gesehen!«

»Was weiß denn ein Blinder?« lärmte Baharum von unten und stand da, die Arme in die Seiten gestemmt. Dann lief er weg. Diesmal stimmten Menon, Lai Chee, Nasri und Aman, die zunächst nur von weitem zugesehen hatten, in seinen Ruf ein: »Ich will die abgestürzten Flugzeuge sehen, wer noch?«

Schon lange beobachtete Ahmad Jani die hin und her hüpfenden Kinder und wunderte sich, wie diese in solchen schwierigen Zeiten – kaum etwas zu essen und beständig von Bomben bedroht – noch lachen konnten. Auf die Zeit des Sonnenuntergangs zu warten schien ihm in dieser verworrenen Zeit sehr spät. Von der Schutzraumtür aus beobachtete er das zweistöckige Gebäude, das neben einigen hier und da verstreuten armseligen Hütten stand und allmählich vom nächtlichen Dunkel verschluckt wurde. Er schaute nach oben und bemerkte die wippenden Beine von Dalim und Tompang, blickte dann zum Verschlag nebenan, sah aber nur einen Vorhang, der zur Hälfte aus einem grünen Kain und zur anderen aus einem Jutesack bestand und sich ein wenig bauschte, wenn der Abendwind blies. In dieser Nacht, dachte er, würde er wieder nach oben verschwinden und den Unterstand auch tagsüber verlassen.

Schon drei Tage lang beunruhigte ihn der Gedanke an die Lage des Kampung, das die japanischen Soldaten von dem Vorratsschuppen am Flußufer nun argwöhnisch beobachteten. Es stimmte zwar, daß Katayama mit abgerissenem und zerschmettertem Kopf, einem verschwundenen rechten Bein und einem fehlenden Teil seines Bauches aufgefunden wurde, nachdem er durch die Explosion der Bomben zu Tode gekommen war, die neben der Brücke gefallen waren. Aber der kleine, flinke Jukichi mit seiner ein wenig nach hinten verkrümmten linken Hand wanderte immer noch durch die Häuserlücken des Kampung und warf mißtrauische Blicke nach hier und dort.

Als bei Tagesgrauen Katayamas Tod bekannt wurde, gelang es Mak Buruk zum Glück, Salimah schleunigst im Giebel über Tompangs Verschlag zu verstecken. Nur eine Viertelstunde, nachdem sich Salimah dort zusammengerollt hatte, erschienen drei japanische Soldaten und begannen mit höchst grimmigen Gesichtern und absichtlich auf sämtliche Kampungbewohner gerichteten Maschinengewehren die Suche nach ihr. Jukichi, der den Trupp anführte, durchwühlte Salimahs Verschlag und zielte mit der Mündung seiner Pistole auf Econs Kopf, was die alte, sowieso schon kranke Frau zitternd in Tränen ausbrechen und in nur fünf, sechs Minuten mehrmals unter sich einnässen ließ.

Ahmad Jani wußte, daß Katayamas Kameraden weiterhin den Verdacht hegten, Katayama, dieser Bruder Lustig und Frauenliebhaber, sei nicht ausschließlich durch eine Bombe getötet worden, denn Susay zufolge hatten sie in einer Reihe vier, fünf Wunden an dessen Hals entdeckt und dazu zufällig auch eine klobige, verrostete, schlammverkrustete und blutbeschmierte Hacke gefunden, ein, zwei Ellen von der kleinen Tür entfernt, wo sich Katayama stets mit Salimah zu treffen pflegte.

Vielleicht auch deshalb, weil sie Salimah nicht aufstöberten, konnten Katayamas Kameraden annehmen, daß er und sie beide von den Bomben an der Brücke zerrissen worden waren. Aber wohin war Salimahs Leiche geraten, wenn sie tatsächlich in dieser unheilvollen Nacht mit Katayama zusammen gewesen war? »Du darfst es nicht wagen, wieder zum Vorschein zu kommen!« hatte Ahmad Jani, ohne auch nur den Kopf zum Giebel hochzurecken, wo Salimah weinend lag, ihr am vorhergehenden Nachmittag eingeschärft. »Sie suchen dich noch«, hatte er hinzugefügt. Und Salimah fragte, von Schluchzen unterbrochen, nach Econ, ihrer Mutter; ob diese noch so schwer krank sei, ob es ihr allmählich wieder besser gehe oder etwa gar keine Hoffnung mehr bestehe. »Darum mach dir keine Sorgen!« sagte Ahmad Jani und klopfte seine weiße Kappe aus.

»He, suchen die Japaner immer noch nach Salimah?« mischte sich Tompang ein und brach sein Kopfschütteln ab.

»Psst! Denk' dran, Tompang, sag' niemand etwas!

Sonst bringst du Salimah ins Unglück«, warnte Ahmad Jani.

»Wer will denn etwas sagen! Bis jetzt hab' ich immer geschwiegen«, antwortete Tompang und begann wieder, den Kopf zu schütteln.

Baharum und seine Freunde rannten zum Schutzraum hinaus, und diesmal folgten ihnen immer mehr Leute. Eine Gans von Giap Hong (die andere hatte man gestohlen) streckte ihren Hals aus, um Menon zu zwikken, der ihr am nächsten stand. Menon schrie auf, ließ die Flugblätter fallen, die er in den Händen hielt, und rannte dann davon, wobei er seinen Hintern mit beiden Händen bedeckte. Die illegalen Flugblätter flatterten durch die Luft, die Gans blieb nickend stehen. Ahmad Jani wurde von der Vorstellung überfallen, sich wieder mitten unter fröhlichen Kindern an einem Spätnachmittag zu befinden, der sich den Schwingen der Nacht näherte. Und als die Kinderschar mit ihren undeutlichen Stimmen sich entfernte und die Nacht das Kampung überzog, blieb Ahmad Jani zurück, um sich dort nicht länger mit eigenen Augen umzusehen, sondern mit seinem Verstand, der alle Örtlichkeiten rings im Kampung genau kannte.

Auf eine solche Nacht hatte er eigentlich schon lange gewartet. Die nächtliche Dunkelheit erweckte ihn wieder zu einem Menschen, denn in dieser Finsternis verflüchtigte sich das Bild Manisahs in seinem Kopf, die mit einem anderen durchgegangen war, und zum Ausgleich tauchte Zainabs Antlitz auf, die stets eingesperrt in ihrem Verschlag saß. Ahmad Jani vermochte selbst nicht zu ermessen, warum er fremde Rechte antasten wollte; ob es geschah, um Rache dafür zu nehmen, daß man ihm seine Frau geraubt hatte, oder weil er eine junge Frau befreien wollte, die allnächtlich zwangsweise eingeschlossen wurde, obschon sie dabei in schrecklicher Gefahr schwebte, oder weil es ihm mißfiel, daß sich ein alter Mann wie Said Ayub auf völlig ungehörige Weise eine Ehefrau nahm, indem er sein Geld ausnutzte, um eine um das Doppelte jüngere Frau... zu kaufen.

Unbeabsichtigt war die kleine Frau mit schmalen dunklen Augenbrauen, einem Muttermal hinten am Nacken und üppigen Brüsten in sein Leben getreten. Ahmad Jani konnte sich ganz deutlich an sie erinnern. Eines Abends, als die Sirene heulte, eilte er hinauf, um Tompang in den Unterstand zu bringen. Bevor er mit Tompang auf dem Rücken durch die Tür ging, hörte Ahmad Jani das Weinen einer Frauenstimme. »Zainab weint immer«, erklärte Tompang, der nur 66 Pfund wog. »Sie ist nämlich eingesperrt.«

Ahmad Jani blieb stehen, setzte Tompang ab und hielt dann sein Ohr an die Wand. Er hörte tatsächlich ein Weinen. »Was gibt es?« fragte er. Das Weinen verstummte augenblicklich und setzte dann leiser wieder ein. »Was gibt es?« wiederholte Ahmad Jani. »Sie hat Angst, Mama Ayub schließt sie ein«, antwortete Tompang.

In dieser Nacht wirbelte auch das Erlebnis, wie Zainab ins Kampung gebracht wurde, rasch wieder durch die Erinnerung Ahmad Janis. Denn Tompangs Verschlag gehörte eigentlich Ahmad Jani und befand sich neben Zainabs Kammer. Als Said Ayub seine junge Frau holte, wußte kein Mensch davon, denn die Nacht brach schon herein. Karim zufolge wurde Zainab zuerst tagsüber im Haus seines guten Freundes, Abdul Salam, der dreizehn Kinder hatte, untergebracht und abends, bevor diese der Sitte gemäß eingeschlossen wurden, wieder zurückgeholt. Danach bekam man die reizende siebzehnjährige Zainab sehr selten zu sehen. Sie aß und trank stets drinnen, und nur einmal zur Zeit des Sonnenuntergangs wusch sie sich und verrichtete ihre Bedürfnisse. Dann konnte geschehen, was da wollte – Zainab blieb in ihrem Verschlag. Davor hielt ein großes Vorlegeschloß Wache, zu dem es nur einen Schlüssel gab. Die Leute erfuhren nicht, was eigentlich in dem kleinen Raum mit dem Vorhang aus einem halben Kain und einem halben Jutesack vor sich ging. Nur Tompang vernahm ständig, wie jemand eine Person zu Scherzen zwang, sie bedrängte, keuchend Luft holte, trat und stieß und schließlich schnarchte. Mehrmals wöchentlich erschienen auch die Kinder scharenweise, lauerten und hielten das Ohr an die Wand, um das wilde Ringen in dem Verschlag zu hören und zu erspähen.

Erst nach fünf-, sechsmaligem Fragen Ahmad Janis, als ihre Bekanntschaft an jenem Abend begann, antwortete Zainab: »Ich denke an Mutter.« Ahmad Jani glaubte nicht recht an das Gehörte und fragte wiederum. »Ich denke an meine Mutter«, erwiderte Zainab unter Tränen. »So sag Mama Ayub, er soll dich hinbringen«, schlug Ahmad Jani vor. »Er will nicht«, gab Zainab zur Antwort. »Er wird böse, wenn ich an Mutter denke«, fügte sie hinzu. »Reiß doch aus!« mischte sich Tompak ein. »Pssst«, gebot Ahmad Jani ihm Schweigen. »Wenn er dich nicht läßt, reiß aus, was sonst?« Tompang blieb nicht still.

Zwei aufeinander folgende Nächte lehnte sich Ahmad Jani gegen die Wand, schwatzte mit der eingeschlossenen Zainab. Sie erzählte ihm, daß sie in Paya Lebar daheim sei, sieben jüngere Geschwister habe, eine Großmutter und ihre Eltern. Bei Kriegsbeginn halfen sie ihrem Vater, der als Kuli beim Harbour Board arbeitete, indem sie Gebäck verkauften, aber als dem Vater der Fuß brach, weil ihm eine Lebensmittelkiste darauf fiel, die von einem Schiff ausgeladen wurde, verloren sie die Quelle ihres Lebensunterhalts. Sie verkauften zwar weiter Gebäck, aber das reichte nicht, um zehn Mägen zu sättigen.

»Und deshalb hast du geheiratet, Zainab?« fragte Ahmad Jani.

»Hmmm...« gab sie zu.

»Haben sie dich gezwungen?«

»Ich konnte nichts machen.«

Ahmad Jani konnte das verstehen. Es gab in dieser Zeit eine Menge malaiischer Mädchen, die zu einer Heirat mit alten indischen Männern gedrängt wurden. In seinem eigenen Dorf waren drei Mädchen, darunter die erst fünfzehnjährige Latiffah, einer Zwangsheirat zum Opfer gefallen, weil ihre Familien Hunger litten.

»Und wie steht es jetzt?« fragte Ahmad Jani und wußte selbst nicht, warum er diese Frage stellen mußte.

»Wie ist das gemeint?«

»Warum redet ihr denn durch die Wand?« mengte Tompang sich ein. »Warum gehst du nicht hinüber in ihren Raum?« fügte er hinzu, als wolle er Öl ins Feuer gießen.

Ahmad Jani entsann sich, wie die zunehmend verständnisvollere und liebevollere Beziehung die Wurzeln seiner gefährlichen Sehnsucht belebt hatte. Das Geflüster hinter dem Verschlag führte dazu, daß sie sich bald an die Wand preßten, weil in beiden die Glut der Begierde entfacht wurde. Eines Abends schlug er Zainab am ganzen Leib zitternd vor, Karim in eine Falle zu locken, weil dieser sein junges Blut auch nicht mehr beherrschen konnte, wenn er das Ringen hinter dem Vorhang vernahm. Zainab stimmte zu und gab Karim die Chance, sie bis zum Nacken zu küssen und ihren Kain bis zum Schenkel heraufzustreifen. Danach wehrte sie Karims Hände und Nase ab und flüsterte: »Du hilfst mir doch, nicht?« Karim mit seinen rauhen Wangen, aber einem schönen Backenbart nickte nur mehrmals und versuchte, seine Hände wieder auszustrecken und mit seiner gebogenen Nase weiterzuschnuppern.

»Versprich es! Du hilfst mir wirklich?« verlangte Zainab und preßte ihre fülligen Brüste gegen Karims Brust.

»Versprochen!«

Zainab bat Karim, zwei Schlüssel für das Vorhängeschloß anzufertigen, das immer vor der Tür hing. »Wozu?« wollte Karim mit aufsteigendem Mißtrauen wissen. »Damit du ungestört hereinkommen kannst. Und den zweiten, damit ich ungestört hinaus kann, wenn ich zum Abtritt muß. Das kann ich doch nicht einfach hier drinnen machen«, erklärte Zainab und rieb ihr Näschen an Karims Wange.

Ahmad Jani lächelte, als er den Schlüssel erhielt, den Zainab ihm durch die Ritze unten in der Wand hindurchsteckte. Er wunderte sich auch, warum denn Karim nicht überlegt hatte, was der Schlüssel Zainab drinnen nützen sollte, da das Schloß doch draußen hing. Doch instruierte er Zainab sogleich, sie solle sagen, daß sie den Schlüssel, wenn sie zum Abort wolle, Dalim, Sukon, Mak Buruk oder auch Simah hinausreiche. Karim erkundigte sich auch tatsächlich danach und nickte befriedigt, als er diese Antwort erhielt.

Und anschließend verschwand Ahmad Jani immer am Abend. Von Tompangs Verschlag aus täuschte er Husten vor, und wenn Zainab dies mit einem lauten Gähnen erwiderte, wußte Ahmad Jani, daß Said Ayub oder Karim bei ihr waren. Sang Zainab jedoch das Lied »Des Blinden Schicksal«, so bedeutete dies, daß er von dem Schlüssel Gebrauch machen durfte.

Es herrschte pechschwarze Nacht, die Stimmen der lärmenden Kinder waren fast verstummt. Hätte nicht Giap Hong seine letzte Gans heimgetrieben, wäre

Ahmad Jani noch immer nicht aus seinen Träumen aufgewacht. Er schrak hoch und fand sich noch vor der Schutzraumtür stehen. In dieser Nacht wollte er in Tompangs Verschlag husten und hoffte, Zainab werde das verabredete Lied singen. Er wollte ihr eine wichtige Frage stellen.

Vorsichtig schlich Ahmad Jani die Treppe hoch und betrat Tompangs Verschlag. Dieser verspeiste gerade geröstete Kassaven, die Mak Buruk ihm gebracht hatte, und fragte: »Was gibt's, Bruder Ahmad?«

Ahmad Jani antwortete kopfschüttelnd: »Du weißt ja schon, wer hereingekommen ist!«

Tompang lachte. »Man benutzt seine Ohren, wenn die Augen blind sind«, erklärte er.

Nun hustete Ahmad Jani und vernahm die Melodie von »Des Blinden Schicksal«. Augenblicklich griff er nach dem Schlüssel in seiner Hose, zog ihn hervor und öffnete dann leise die Tür. Dort stand schon Zainab, bereit, ihn zu umarmen. »Stimmt es, was ich gehört habe, Zainab?« flüsterte Ahmad Jani der Frau, die in seiner Umarmung lag, ins Ohr.

»Was soll stimmen?«

»Mak Buruk sagt, daß du schwanger bist...«

Zainab nickte, rieb ihre Wange mehrmals sanft an Ahmad Janis Brust, nahm seine fest zupackenden Hände und legte diese begehrlichen Hände auf ihre üppigen Brüste. »Es stimmt«, hauchte sie mit zitternder Stimme. »Der Mama weiß es auch schon. Er freut sich. Wenn es ein Mädchen wird, will er es Zuleika nennen, und wenn es ein Junge ist, Mochtarudin.«

»Laß ihn nur dem Kind einen Namen geben«, meinte Ahmad Jani und erinnerte sich dann an Salimah, die ja in dem Giebel über Tompangs Verschlag lag.

Die Preise aller Waren kletterten in schwindelnde Höhen. Ananas hatte man anfangs für sieben malaiische Dollar das Stück kaufen können; jetzt kostete eine Frucht sechzig. Yams-Wurzeln, die früher zum Preis von vier Dollar pro Pfund verkauft wurden, kosteten nun vierzig pro Stück. Susay murrte über das Geld, das er in zwei eiserne Kassetten schütten mußte, ohne sich die Mühe zu nehmen, es nachzuzählen. Zigaretten der Marke Koa, die aus Butai geschmuggelt wurden, brachten Susay großen Profit, aber er wurde von Tag zu Tag waghalsiger im Sumpf des black market. Er zog auch Kuldip Singh mit hinein, nachdem ihm dieser zwei Jahre zuvor Kapital gegeben hatte.

Susay war von großer, kräftiger Gestalt, trug eine Brille mit vergoldetem Gestell, besaß einen hübschen Bart und sehr regelmäßige, weiße Zähne. Doch jetzt schien es ihm, als sitze er auf Bajonettspitzen. Einige Kulis, die auf Butai in Pasir Panjang arbeiteten, hatte man verhaftet, weil sie Zigaretten, Milch, Fisch in Büchsen und Bekleidung gestohlen und auf dem Schwarzmarkt verschoben hatten. Drei hatte man irgendwohin gebracht – einige behaupteten, man habe sie geköpft; andere sagten, ihnen seien die Hände abgehackt worden; noch andere erklärten, man habe ihnen Seifenlauge eingeflößt oder die Nägel abgerissen. Welche Strafe auch die drei Verschwundenen getroffen hatte, Susay fühlte sich gleichfalls schon verurteilt, ja, sogar in seinen Träumen war er oder würde er verurteilt, weil einer der Schmuggler Waren der Marke »Fallbeil« immer an ihn geleitet hatte.

Zum erstenmal fühlten Susay und Kuldip Singh die Gefahr, als die Bomben und Granaten in der Lorong 21 detonierten. Die Nacht lang und den ganzen Tag über konnten sie nicht aus einem Schuppen heraus, in dem sie über Waren verhandelten, die sie auf den Schwarzmarkt bringen wollten. Sie versuchten loszugehen, indem sie den Sack auf den Rücken nahmen, aber sie mußten wieder umkehren, weil sie von zwei, drei Leuten, die ihnen von der Kallang-Brücke her entgegen eilten, hörten, daß man dort den Kopf eines Diebs aufgehängt hatte. Den Sack vergruben sie; demnächst würden sie getrennt wiederkommen, der Gefahr entronnen, die sie tatsächlich witterten. Eine Woche später transportierten sie die Waren Marke »Fallbeil« nacheinander ab und verkauften sie, bis die eisernen Kassetten mit japanischem Geld vollgestopft waren, dessen Wert in wenigen Wochen ständig fiel.

Kuldip Singh selbst erklärte sich einverstanden, wenn sie unbemerkt an einen geheimgehaltenen Ort umsiedeln würden. Kuldip mit seinem großen, runden Gesicht, einem zwei Zoll dicken Schnurrbart und so aufgeworfenen Lippen, daß sie noch sichtbar blieben, obwohl der rauhe Bart sie fast verdeckte, schlug vor, sich schon am Nachmittag aufzumachen. »Laß niemand wissen, wohin du gehst und wohin ich gehe«, forderte er von Susay, während er Ranjit Singh, der ganz buschige Augenbrauen hatte, befahl, sich umgehend bereitzuhalten. »Auch du darfst niemandem etwas sagen«, erwiderte Susay und blickte sich ängstlich nach rechts und links um, ob nicht etwa ein offenes Ohr zugehört habe. Zuerst waren sich beide darin einig gewesen, noch wenigstens zwei Tage auszuharren, weil sie auf Waren rechneten, die Basir und dessen Kameraden stehlen würden. Basir plante anfangs, nur mit Hilfe von Sukon und Dalim in den Vorratsschuppen am Flußufer einzubrechen, beschloß dann aber, die beiden Jungen aus dem Spiel zu lassen, weil er die sonst erhöhte Gefahr spürte.

»Ich fordere also euch alle auf«, meinte Basir und drückte an seinen ständig zunehmenden Pickeln herum, »weil das keine Arbeit für kleine Jungen ist.« Ariappan, Ariff, Mukmin, Choo Keng und Munusamy grinsten und sahen sich gegenseitig an. Schon eine Woche lang hatten sie nichts Wichtigeres zu tun, als nach den Gegnern vom »Trupp 8« zu fahnden, die Jonah Manis bis jetzt angriffen. Und nun erhofften sie sich endlich Beute.

»Wir dürfen nicht warten«, erklärte Kuldip Singh, seine Meinung ändernd, nachdem er sah, wie der Suchscheinwerfer von der Höhe des hölzernen Turms am Vorratsschuppen am Flußufer immer hastiger nach Feinden forschte. »Wir sind gerade noch einmal davongekommen. Diesmal suchen wir uns etwas Sicheres«, setzte er hinzu. Susay teilte diesen Entschluß Basir mit, ohne darauf hinzuweisen, daß sie sofort und heimlich aufbrechen würden.

»Macht nichts«, sagte Basir und versuchte, seiner Stimme einen ruhigen Klang zu geben, obwohl sein Herz heftig klopfte.

Als Susay nach Menon rief, der ebenfalls Irwan zuschaute, wie dieser eine angefaulte Ananas schälte, schüttelte Menon, fröhlich zusammen mit Aman, Dalim, Sukon, Ranjit Singh und Baharum neben dem Wrack des Vorderteils des LKW hin und her hüpfend, den Kopf und wollte nicht mitkommen. »Ich lasse dich sonst hier!« schrie Susay noch lauter. »Wenn du nicht willst, hab' ich noch Rotan!« Menons Gesicht verfinsterte sich, und er schlug sich hinten auf den eigenen Nacken, als wolle er sich selbst bestrafen. Baharum sah Menon fortgehen und schrie sogleich: »Menon, Menon, geh ja nicht nach Hause! Wir machen uns über einen Verrückten lustig... sieh bloß, er hat eine zerrissene Hose! Geh ja nicht weg!!« Und als er sah, daß Menon weiterging und sich dabei unaufhörlich ins Genick schlug, hob Baharum, der an diesem Tag nur ein langes Hemd ohne Hose trug, dieses ganz hoch und rief: »Menon, Menon, wart' mal! Sieh her, ich schieß ihn nieder!« Das Wasser spritzte auf, kräuselte sich ein wenig, floß schneller und tröpfelte danach noch ein wenig.

Menon lachte spöttisch, stampfte absichtlich mit den

Beinen durch den Schlick, so daß der Schmutz spritzte, blieb dann wieder stehen, als er bemerkte, daß Dalim seine Sachen auszog, sich mit geballten Fäusten gegen die Brust schlug und brüllte: »Tarzan! Haaa-llooo!« Das schwärzliche Wasser verschluckte Dalims Gestalt, der prustend in der Mitte wieder auftauchte, während er schnell über sein Gesicht wischte. »Menon, he, bleib hier!« rief Baharum noch nach ihm. »Wir sehen Tarzan im Kampf gegen einen Javanen!« Menon hielt sich nicht länger auf, denn Susays Ruf gellte überlaut.

Kuldip Singh schaute nach seinem Sohn, während er sich den Schnurrbart kämmte und seine Haare zu einem Knoten hochband, und ließ zu, daß Ranjit fröhlich neben Sukon auf und ab sprang. Dieser leicht schielende Junge rieb sich mit beiden Händen seinen Kahlkopf, aus reinem Spaß. Die anderen Freunde klatschten Beifall, als sie sahen, wie Dalim sich bemühte, durch Wassertreten die Reste der verdorbenen Ananas zu entfernen, die Irwan gerade geschält hatte. In diesem Moment kam die kränklich aussehende Mak Buruk und schimpfte auf die Jungen. Dalim schwamm auf die grüne Brücke zu, während die übrigen wegrannten und unter die schirmenden Tjeri-Bäume krochen.

»Mit diesen frechen Burschen wird Ranjit jedenfalls nichts mehr zu tun haben«, murmelte Kuldip Singh und wand sich seinen Turban. Er wußte, daß Ranjit für eine Weile etwas vermissen würde, bevor er neue Freunde gefunden hatte. »Aber wir können hier nicht länger bleiben«, sagte er zu sich selbst, weil ihm zum

Bewußtsein kam, daß das Schicksal der drei verhafteten Schmuggler auch ihn selbst und Ranjit ereilen konnte, wenn das Geheimnis herauskam. Gewiß würde der Krieg in Kürze ein Ende finden, weil die überall zu hörenden Gerüchte besagten, daß Japan nahezu besiegt sei, aber die sich rund um das Kampung immer mehr konzentrierenden japanischen Soldaten bildeten doch eine Bedrohung. Sogar die Schule gegenüber vom Fluß, die einige Zeit geschlossen leergestanden hatte, belegten jetzt von oben bis unten japanische Soldaten. Mitten auf dem Schulgelände hatten sie zwei, drei Geschütze aufgestellt, die mit Tarnnetzen voller Blattwerk abgedeckt waren. Ein-, zweimal hatte man wieder das Dröhnen ihrer Abschüsse gehört, und das vermehrte die Furcht. »Wir dürfen einfach nicht länger warten«, konstatierte Kuldip Singh.

Zur Zeit des Sonnenuntergangs konnte er nicht entscheiden, wer zuerst aufbrechen sollte, weil es keinem von ihnen gelang, dies festzulegen. Wie auch immer es vor sich ging, hoffte Kuldip Singh stark, daß nicht etwa alle gleichzeitig abziehen würden. Sollte sich ruhig Susay mit seinem Sohn Menon zuerst aufmachen oder vielleicht auch er mit seinem Sohn Ranjit. Wenn sie erst einmal der Gefahr dieses Sonnenuntergangs entgangen waren, konnte man hoffen, daß sie auch anderen kleinen Fährnissen entrinnen würden, dachte Kuldip Singh.

An diesem Tag brach – anders als an den vorhergehenden Tagen – eine prächtige Dämmerung an. Vielfarbig geränderte Wolken im Westen boten einen zunehmend düsteren Anblick, als die Sonne langsam versank. Kuldip Singh blickte auf den dunklen Umriß des Vorratsschuppens vor dem Hintergrund der verblassenden Sonne, der zunehmend eindrucksvoller aussah, weil der hochaufragende hölzerne Turm ihn gleichsam mit eigenem Auge bewachte. Wenn die Nacht hereinbrach, würde der Scheinwerfer auf dem Turm aufleuchten und ungestüm hin und her schwenken. Er mußte sich absetzen, bevor diese Feuerzunge auftauchte, sagte er zu sich.

Es schien ihm lange, daß er auf den einbrechenden Sonnenuntergang warten mußte. Unruhe erfüllte dabei seine Brust, schöne und bittere Erinnerungen an das Kampung am Fluß drangen auf ihn ein. Hätte es Susay nicht gegeben, wäre er gar nicht hergekommen, dachte er. Susay hatte ihn aufgefordert, am Fluß zu bleiben, nachdem die erste Bombe gefallen und das Gebäude zusammengestürzt war, wo er als Wächter gearbeitet hatte. Das war damals in der New World gewesen; später hatte er, da es ihm nicht gefiel, gewechselt und wurde Wächter bei einem Unternehmen für Wagenreparaturen, aber danach konnte er sich an der Organisation des Schwarzmarktes beteiligen und war häufiger unterwegs, um gute Gelegenheiten ausfindig zu machen.

Über Susays Herkunft wußte er nicht viel, obwohl sie ein gutes Verhältnis hatten. Susay hatte nur erzählt, er sei im Alter von fünf Jahren nach Singapur gekommen und sein Vater stamme aus Madras. Kuldip Singh ließ seinen Freund wissen, daß sein Großvater in Amritsar geboren und nach Kalkutta gewandert sei. Dort war auch sein Vater geboren und nach Singapur gekommen. Ranjit schließlich war in Singapur geboren, und wer wußte, wohin es einmal ihn treiben würde, dachte er. In den Beziehungen zu Susay war es, soweit er sich erinnern konnte, niemals zu einer Kränkung gekommen, obwohl er doch einmal heimlich ein Auge auf Padmini geworfen und sie sogar zwei-, dreimal stürmisch auf den Nacken geküßt hatte. Glücklicherweise hatte Padmini sich nicht bei ihrem Mann beklagt, ob nun aus Angst oder weil sie nicht wußte, ob sie sich vor ihrem Gatten oder vor Kuldip Singh selbst fürchten sollte. Was seine eigene Frau anging, so glaubte Kuldip Singh nicht, daß Susay irgendetwas betrieben habe, denn Ranjit Singhs Mutter war ständig krank gewesen, bis sie schließlich an Tuberkulose starb.

Endlich versank die Sonne. Kuldip Singh stieß seinen Sohn leicht an, der eingenickt war, nachdem er sich gewaschen und ein einigermaßen sauberes Hemd angezogen hatte. »Komm!« forderte Kuldip Singh ihn auf. Ranjit Singh fuhr zusammen, blickte seinen Vater an und rieb sich fünf-, sechsmal die Augen. »Wohin denn? Wohin willst du, Pak?« fragte er und zog die sich berührenden Brauen hoch, daß sie sich nach oben bogen. »Frag' nicht!« sagte Kuldip Singh niedergedrückt. »Komm!«

Das Krächzen der Eulen vom Friedhof in einer so stillen Nacht ließ jeden erschaudern, insbesondere Basir und seine Kameraden, die sich bereits am Flußufer befanden, jeder in einer Entfernung von zehn Ellen vom anderen. Der langsam dahinkriechende Scheinwerferstrahl war schon vom Schrottlagerplatz zur Moschee, hinter den Friedhof, zur Brücke, zu den Holzbohlen und weiter zur Werbefläche über den Giebeln der teilweise eingestürzten Häuser gewandert. Dann bog der Strahl des Scheinwerfers ab bis weit zu den Masten der Barken, näherte sich danach den Häusern des Kampungs am Fluß, tastete hinunter zum Vorratsschuppen und hob sich wieder, um von neuem zu kreisen. Erst nach dem vierten Umlauf des Scheinwerfers gab Basir mit einem Bindfaden, der ihn mit den Händen des anderen verband, ein Zeichen. Ariappan spürte das Rucken des Fadens und warf sofort einen Stein in die ungefähre Nähe des nächsten Kameraden. Sie wußten, was jeder zu tun hatte.

Zwei Tage zuvor hatte sich jeder von ihnen schon mit der Umgebung vertraut gemacht, in der sie sich bewegen mußten. Basir ließ nicht zu, daß seine Kameraden alle gleichzeitig kamen. Sie wurden eingeteilt – einer erschien am Morgen, der andere am Mittag, der nächste am Nachmittag und noch einer bei einbrechender Dämmerung. Basir selbst hatte keine Sorgen, da er Weg und Steg schon kannte und wußte, wohin man bei auftauchender Gefahr fliehen, wo man springen und wo man kriechen mußte, wo man sich verstecken und wo man sich einfach totstellen sollte. Ariappan, der sich zuerst die Örtlichkeit ansah, tat so, als spiele er mit Baharum. Er warf ihm eine kleine Yamswurzel zu, Baharum fing sie auf, spülte sie mit Flußwasser ab und verzehrte sie dann. Sie badeten – Baharum glaubte, daß Ariappan ihn mochte, während dieser ein schallendes Gelächter vortäuschte, wobei er die ihm bezeichneten Plätze ausspähte. Ariff, Mukmin, Choo Keng und Munusamy absolvierten die gleiche Übung, jedoch jeder auf seine eigene Art und Weise. Einer gab nur vor zu baden; einer stocherte scheinbar in den Überbleibseln der Balkenrinde herum, einer tat, als suche er Kakerlaken, und noch einer stellte sich, als wolle er im Fluß treibende Büchsen und Flaschen angeln.

In der Nacht, die sie sich ausgesucht hatten, handelten sie getrennt, nachdem jeder seine Aufgabe kannte. Basir, der die Anweisungen gab und den Plan aufstellte, wies darauf hin, daß der ausgebrochene und bereits mit verrottetem Zink und nassen Holzbalken abgedeckte Spalt wirklich in den Verschlag für die Lebensmittelvorräte hineinführte. Er selbst hatte diese Information von Sukon erhalten, den er vier Nächte zuvor dort hinein geschickt hatte. Die Aufgabe, in den Verschlag zu kriechen, fiel Ariappan und Mukmin zu, weil diese ziemlich abgemagert waren. Choo Keng und Ariff warteten jeweils draußen und hielten sich bereit, Lebensmittel oder andere Gegenstände herauszuziehen, wenn sie ihnen entgegengestreckt wurden. Munusamy erhielt den ausdrücklichen Auftrag, mit einem zu seinen Füßen bereitgehaltenen Drahtkorb im Fluß unterzutauchen. Basir wies an, daß alle Büchsen in diesen Drahtkorb gelegt werden sollten, damit sie, wenn etwas passiere, ihn sofort zurücklassen könnten und wüßten, wo sie ihn dann zu holen hätten. Sachen von geringem Gewicht wie Kleidungsstücke oder auch Sandalen könnten sie sofort in den bereitgehaltenen Sack werfen, den jeder um die Hüfte gebunden trug.

Während sie sich einzeln langsam vorwärts tasteten und am festgelegten Platz stehenblieben, hielt Basir unter der Ruhebank hervor Ausschau, fünf Ellen entfernt von dem Spalt, von dem Ariappan das Zink und die nassen Balken wegzuzerren begann, die ihn jetzt abdeckten. Mit einemmal bekam Basir Herzklopfen, als er unter die Brücke blickte, weil ihm unvermittelt einfiel, was er einige Wochen zuvor erlebt hatte. Unter der Brücke sah er damals eine kleine Prau treiben, auf die dann der Scheinwerferstrahl von dem hölzernen Turm fiel. Heftiger Tumult erhob sich, unaufhörlich knallten Schüsse, und die japanischen Soldaten griffen aus dem Vorratsschuppen heraus überaus stürmisch an. Damals gelang Basir noch rechtzeitig die Flucht. Am nächsten Morgen erfuhr er, daß der Erschossene ein alter Mann war, der sich tatsächlich in einem Boot hatte unter die Brücke treiben lassen, um dort das Scheinwerferlicht und die Kugeln vom Turm zu erwarten. Wegen einer langen Krankheit und weil er seine fünf Kinder nicht durchbringen konnte, hatte er diesen Weg gewählt, den er für günstig hielt. Gewöhnlich kamen verzweifelte

Menschen, um sich an der grünen Brücke zu erhängen; er kam in der Erwartung, daß die Kugeln seine völlig eingefallene Brust und seinen Kopf zerfetzten.

Basir wollte nicht, daß es zu einer solchen Schießerei auf seine Kameraden kam, die sich bis jetzt wirklich geschickt zu den Vorratsschuppen vorarbeiteten. Er lächelte bei der Erinnerung daran, wie Ariappan am vergangenen Mittag gezeigt hatte, auf welche Weise er in einen Schuppen hineinkriechen werde. Auch Ariff hatte seine Methode vorgeführt und obendrein erklärt, was er unternehmen werde, falls etwa ein Notfall eintrat. Er rollte seinen Körper hin und her und kroch langsam vorwärts, bevor er aufstand und im Zickzacklauf flüchtete. »Macht euch keine Sorgen, hab' genug Erfahrungen«, meinte er lächelnd und begann dann schallend zu lachen.

Basir mißtraute nur Munusamy, der sein grün-rotblaues Trikothemd nicht gegen ein schwarzes hatte auswechseln wollen. Alle seine Kameraden wandten sich dagegen, aber er versprach, daß er das Hemd ausziehen werde, sobald er an seinem Platz angelangt sei. Ohne Trikothemd sehe sein Körper noch dunkler aus als die Nacht selbst, sagte er. Choo Keng jedoch verhielt sich stets vorsichtig und wünschte niemals aufzufallen. »Ich verspreche nicht, daß ich nicht zittere«, erklärte er. »Dieser Platz ist ein bißchen ungewöhnlich, und der Scheinwerfer findet ganz schnell sein Opfer.« Er bat darum, wenn etwa geschehe, seiner Großmutter Bescheid zu geben, die für einige Monate weggezogen sei, und ihr den Teil seiner Ersparnisse auszuhändigen, den Basir verwahrte. Die anderen hörten das ernüchtert mit an und versuchten zu lächeln, während sie das innere Schaudern unterdrückten.

Basir dachte daran, daß er schon lange keinen großen Fisch gefangen hatte. Jetzt stiegen die Preise – manche Waren kosteten das Sieben- oder Achtfache im Vergleich zur letzten Woche. Obwohl Susay und Kuldip Singh Schwierigkeiten mit dem Ankauf machten, verzagte Basir doch nicht. Er konnte ja auf der Minto Road, der Owen Road oder auch auf der Syed Alwi Road selbst verkaufen. Vermutlich würden die Preise nicht so hoch liegen, wie Susay und Kuldip sie zu zahlen wagten, aber das war kein Problem. Wer Waren hatte, bekam auch Geld. Wenn er sie ein, zwei Wochen zurückhielt, würden die Preise sicherlich noch weiter steigen, dachte Basir.

Ariappan und Mukmin waren in dem aufgebrochenen Spalt verschwunden. Da er mit der Örtlichkeit vertraut war, konnte Basir auch in der Finsternis die Schatten seiner Kameraden beim Hineinkriechen sehen. Nun mußten sie mit zitterndem Herzen warten. Basir biß sich auf den Nagel seines Mittelfingers und fühlte, wie ihn kalte Schauer überliefen.

Fünf Minuten lang geschah nichts. Basir wurde nervös und kroch langsam zu Choo Keng hin. »Warum geben sie kein Zeichen?« fragte dieser, am ganzen Körper bebend. »Warte nur, sie werden schon…, höchstwahrscheinlich ist es drinnen ganz finster«, antwortete

Basir und befahl plötzlich seinem Kameraden, sich niederzubücken, weil der Scheinwerfer nicht weit von ihnen entlangtastete.

Als nach weiteren fünf Minuten Ariappin und Mukmin nicht zum Vorschein kamen, geriet Munusamy in Aufregung und lief durch den Schlamm und Schlick weg, wobei er vergaß, daß sie fest abgemacht hatten, ganz vorsichtig zu laufen, weil jeder unbedachte Schritt Unheil bedeutete. Basir fand keine Gelegenheit mehr, seinem Kameraden, der noch immer sein grün-rot-blaues Trikot trug, einen Befehl zu geben, als dieser schon ausrutschte und mit einem Aufklatschen ins Wasser rollte. In diesem Augenblick heulte die Alarmsirene auf, und der Scheinwerferstrahl richtete sich sogleich auf Munusamy. Fortwährend knallten auf ihn gerichtete Schüsse. Er zappelte im Wasser, und darauf erstarrte und verstummte er, mit seinem aufspritzenden Blut von dem Fluß verschluckt. Der Unterschied zwischen dem dunklen Wasser und plötzlich hervorschießendem Blut zeigte sich auch bei Nacht. Ariff geriet in Panik und flüchtete an der Seite des Schuppens entlang, um unter die Brücke zu gelangen, aber auch ihn durchsiebten die Kugeln; er schrie den Namen seiner Mutter: »Mak Eee-saaah«, bevor er zuckend gegen das Wrack des LKW-Vorderteils fiel und dann kopfüber in den Schlamm stürzte. Mukmin kroch zitternd aus dem offenen Spalt, schrie aber vor Schmerz auf, weil er von innen her beschossen wurde. Der kleine Choo Keng mit dem dichten, über die Augen fallenden Haar lief im

Zickzack Basir hinterher. Der Scheinwerfer konnte sie von oben nicht erfassen, denn sie rannten ganz dicht an der Wand des Schuppens entlang. Mukmin war bereits tot und wurde mit zur Seite gebogenem Kopf von innen her weggestoßen, rollte dann sich wälzend gegen einen Balken, bevor er mit dem Kopf zuerst in den Fluß glitt. Aus dem Spalt kamen schnell japanische Soldaten heraus; einer spähte nach Choo Keng und Basir, die gerade flüchteten, so schnell sie konnten; ein weiterer feuerte mit einem Maschinengewehr. Die beiden stürzten zu Boden, Choo Keng drei Ellen von Basir entfernt. Die japanischen Soldaten gaben sich noch nicht zufrieden, sie rannten zu dem Ort, wo die zwei lagen, und schossen noch mehrmals auf sie. Fast im gleichen Augenblick blieb der Strahl des Scheinwerfers vom Holzturm auf den zwei japanischen Soldaten hängen, die vor Choo Keng und Basir standen – ersterer lag, aus Kopf und Schultern blutend, ausgestreckt auf dem Bauch, letzterer mit offenem Mund auf dem Rücken, als hätte er noch etwas sagen wollen.

6

Um das Aussehen rund um die Hafenanlage am Fluß kümmerten sich die Leute nicht besonders. Die zerstörten Gebäude gegenüber der Moschee, die schief in Angeln hängende Schultür, die noch mitten auf der Straße herumliegenden Telefondrähte und Fahrleitungskabel der Straßenbahn und die beiden von einer Bombe drei Tage zuvor zertrümmerten Straßenbahnwagen betrachteten die Menschen nicht mehr als Anlaß zu Gefühlsregungen. Am Schulzaun saßen und lagen unter den Saga- und Kenangabäumen einige Unglückliche – abgemagert, von Krankheit befallen und mit vor Hunger heraushängender Zunge. Einer von ihnen half Irwan, die Leiche Mulyadis aufzuheben, die eigentlich schon vor fünf Stunden hätte begraben werden müssen. Zwei aufeinander folgende Luftangriffe verhinderten, daß Irwan seinen Kameraden wegtrug. Und als er es allein versuchte, merkte er, daß seine Kräfte nicht ausreichten. Da bat er einen Schicksalsgefährten um Unterstützung.

Nun hatten sie Mulyadis Körper schon am Fluß auf eine mit drei, vier Steinbrocken ausgelegten Treppenstufe gebettet, damit er nicht wegrutschte und ins Wasser fiel. Sein Gesicht war mit einem zerrissenen und in Fransen hängenden alten Tuch bedeckt, auf dem sich immer mehr summende, herbeistreichende Fliegen niederließen. Irwan scheuchte sie mit der Hand fort, hob auch das Taschentuch hoch und entdeckte, daß sich in den weit offenen Augen ebenfalls schwarze Fliegen ansammelten.

Irwan brach in ein Schluchzen aus, das er schon stundenlang zurückgehalten hatte. Er verjagte die Fliegen und bedeckte das Gesicht seines Kameraden wieder mit dem Taschentuch. Dann fiel sein Blick auf Mulyadis Geschwüre am linken Fußknöchel und am rechten Knie. Sie hatten sich vergrößert, enthielten jetzt noch Wasser und Eiter an den Rändern und waren schwarz vor Fliegen. Irwan wußte nicht, womit er sie noch zudecken sollte. In diesen Kriegszeiten, dachte er, leben die Fliegen davon, daß sie Menschen fressen!

Er bedauerte jetzt, daß er nicht wußte, wann Mulyadi eigentlich gestorben war. Am vorhergehenden Abend hatte er des langen und breiten erzählt, nachdem er Mulyadi hinter der Moschee gestohlene, geschälte Wurzelknollen zu essen gebracht hatte. Alle seine Geschichten hatten als Ausgangspunkt Pekalongan, als er glücklich und zufrieden mit seinen sechs jüngeren Geschwistern lebte, so frech sie auch waren. Irwan erklärte Mulyadi, daß sie sehr bald in ihre Heimat zurückkehren würden, und er begriff nicht, warum er so sprach, da er doch selbst nicht wußte, wann der Krieg enden würde. Mulyadi setzte unter Stöhnen und Schaudern ein-, zweimal zu der Bitte an, Irwan solle unbedingt seine Frau und die zwei Kinder in Semarang aufsuchen.

»Yati«, murmelte er, »ist hübsch.« Mühsam holte er eine kleine Puppe aus Stoffresten aus dem Beutel, den er damals aus dem Fluß gefischt hatte, streckte sie zitternd Irwan entgegen und flehte, dieser solle sie seiner Tochter mitnehmen.

»Denke dir doch keinen Unsinn aus, Mulyadi. Wie oft soll ich es dir sagen! Heb' die Puppe auf. Du wirst sie selbst überbringen«, rügte Irwan und blickte unverwandt zum nächtlichen Sternenhimmel auf.

»Ich glaube, daß ich nicht am Leben bleibe, Irwan. Ich weiß, daß ich sie nicht hinbringen kann«, flüsterte Mulyadi kaum hörbar. »Wenn... wenn ich morgen die Sonne noch sehen kann, habe ich schon Glück. Ich sterbe sicher heute nacht,« fügte er hinzu. Irwan glaubte es nicht und schlief fest bis zum Morgengrauen. Als er die Augen aufschlug, war Mulyadi schon gestorben, Augen und Mund standen weit offen.

Irwan schüttelte mehrmals den Kopf, als er seinen Kameraden ansah, auf dem sich immer mehr Fliegen tummelten, und den Leichengeruch wahrnahm, der ihn nicht mehr abstieß. Er hatte nicht vermutet, daß Mulyadi in sein Leben treten, einen so langen Leidensweg gehen und ohne Angehörige sterben werde. Jetzt empfand er Mulyadi als seinen wahren Bruder, und deshalb wollte er ihm auch die letzte Ehre erweisen, um die Mulyadi während seiner Krankheit selbst gebeten hatte.

»Wenn ich tot bin«, hatte Mulyadi zwei Tage vorher traurig gesagt, »so versenke mich einfach in den Fluß. Ich liebe ihn, und er hat uns viel Gutes erwiesen.« Irwan ertrug die Erinnerung an diese Worte in Vorausahnung des Todes nicht länger. Wenn er früher solche Reden vernommen hatte, kümmerten sie ihn nur wenig, denn die täglichen Nöte berührten ihn mehr, aber als Mulyadi nun als Leiche ausgestreckt vor ihm lag und bald in den Fluß versenkt werden würde, wie er es selbst von seinem Gefährten erbeten hatte, überkam Irwan ein schwer zu unterdrückendes Gefühl. Diesmal weinte er aufrichtig, wie ein Kind, ohne sich um die Menschen zu kümmern, die ihm von jenseits und diesseits des Flusses, von einer vorüberfahrenden Prau, von der Spitze des Holzturms, ja sogar hinter seinem eigenen Rücken zusahen.

»Du weißt, Mulyadi, genau davor habe ich mich wirklich gefürchtet«, sagte Irwan und verdeckte seinen geraden, etwas langen Nasenrücken. Und während er sich schneuzte und die unaufhörlich fließenden Tränen abwischte, setzte er hinzu: »Weißt du, wie ich mich um dich gekümmert habe? Und weißt du, warum? Ich..., ich wollte, daß du lebst, und wenn ich dabei zugrunde ging! Du..., weißt du das, Mulyadi? Ich wollte, daß du leben bleibst.« In seinem Kopf widerspiegelten sich in diesem Moment auch alle seine Bemühungen, Heilmittel und Eßbares für seinen so lange kranken Freund zu beschaffen. Er suchte einen Gehstock, damit Mulyadi bequem laufen konnte; er bettelte an einer Verkaufsbude zwei-, dreimal um eine Chinintablette (bekam nur einmal eine); er stöberte nach etwas zu essen, bis man ihn einmal mit Steinen und Holzstücken bewarf; und zuletzt beging er unabsichtlich einen Totschlag. »Ich habe getötet, bin zum Mörder geworden, aus Willen zum Leben, Mulyadi«, klagte er schluchzend.

Schon lange hatte er die ihn von Tag zu Tag heftiger in seinen Träumen quälende Erinnerung vertreiben wollen. An Hungerqualen war er bereits gewöhnt, und wenn ihn auch der Hunger schüttelte, konnte er ihn doch manchmal im traumerfüllten Schlaf vergessen. Aber die Träume quälten ihn, ließen ihn die Augen dauernd offenhalten, auf die Friedhofsmauer starren, auf die Grabsteine ringsum, die Bäume und das Steingewirr, schattengleich und bereit, ihn zu verschlingen.

Als sich der Vorfall zutrug, war Mulyadi schon ernstlich krank. Stückchen von angefaulter Ananas und heißes Wasser, auf Gummifetzen gekocht, vermochte er nicht mehr zu schlucken. Er stöhnte nur vor Schmerzen, fuhr hoch, rang nach Atem, als warte er auf seine letzte Stunde. Irwan versuchte, mit ziemlich betäubtem Kopf so rasch wie möglich zu überlegen, und entschloß sich, den Fluß zu überqueren, an die kleine Tür hinten am Vorratsschuppen zu klopfen und um etwas Arznei und Eßbares zu bitten. Das tat er in der bewußten Nacht, wich dem Schweinwerferstrahl aus, indem er lange tauchte, kroch dann ans Flußufer, vorbei an dem im Schlamm versunkenen Hühnerstall, an zwei, drei Balken, der Ruhebank und dem mit Zink und nassen Bohlen abgedeckten Spalt, bis er vor der kleinen Hintertür des Vorratsschuppens stand.

Eine halbe Stunde lang überlegte er zitternd, ob er an die Tür klopfen oder aber durch den zugedeckten Spalt eindringen solle. Er hatte einmal einen im Fluß badenden Jungen sagen hören, daß dieser Spalt genau in die Kammer für die Lebensmittel führe. Er zerrte auch an dem Zink, getraute sich aber doch nicht, ging dann langsam weiter, stieß gegen eine alte Hacke und stöhnte fünf, sechs Minuten schmerzlich unter dem Blätterdach der Tjeri-Bäume; dann trug er die stumpfe Hacke selbst zu der Hintertür des Schuppens, zunächst ohne eine bestimmte Absicht. Aber als die Tür an diesem Abend geöffnet wurde, sah Irwan schaudernd einen Japaner verblüfft dastehen, der ihn festnehmen wollte. Irwan fiel die Hacke in seiner Hand ein, er schlug sie mit voller Kraft Katayama auf den Kopf, der ausrutschte und zu Boden stürzte, während Irwan auswich. Katayama zuckte, als Irwan ihm den Hals zudrückte und den Mund zu verschließen suchte, damit der Soldat nicht schrie. Als sich Katayama nicht mehr regte, zerrte Irwan ihn leise zu der Brücke hin, in der Absicht, die Leiche in den Fluß gleiten zu lassen. Er fand keine Gelegenheit dazu, weil er befürchtete, daß der Scheinwerfer vom hölzernen Turm sich auf ihn richte. Also zog er den Körper näher an die Schuppenwand heran, damit er nicht vom Licht getroffen wurde. Dann schwamm er wieder durch den Fluß, wobei er drei-, viermal tauchte, und ließ Katayama und die stumpfe Hacke, die Katayamas Hals durchschlagen hatte, nicht weit von diesem liegen. In der Nacht setzten die B 24 und die B 29 ihre Angriffe fort und belegten die grüne Brücke und deren Umgebung mit Bomben. Katayamas Leiche wurde dadurch noch unkenntlicher, so daß seine nächsten Kameraden, Jukichi und Yoshishide, ziemlich im Zweifel darüber waren, ob Omatsus Geliebter nun zuvor ermordet oder tatsächlich von detonierenden Bomben zerrissen wurde.

Irwan schluchzte noch heftiger, hielt sich die Augen zu und weinte aus vollem Herzen. Auf einmal erhob sich Wind und wehte das Tuch weg, das Mulyadis Gesicht bedeckte. Irwan stand auf, beugte sich nieder und fischte es aus dem Fluß, breitete es sodann wieder über das Antlitz seines Kameraden. Er holte auch einen Strick aus seinem Sack und band danach zwei große Steinbrocken an den Beinen und an den Schultern seines Kameraden fest.

Aman, Sukon, Dalim, Sakinah, Lai Chee und Baharum beobachteten alles, was Irwan tat, von der anderen Seite des Flusses. Baharum fragte laut: »Du willst ihn wohl ins Wasser gleiten lassen, ja?«

Irwan prüfte die Stricke und die damit an Mulyadis Körper gebundenen Steine; er glaubte, sie würden wohl schwer genug sein, um die Leiche seines Kameraden im Wasser zu versenken. Er stieg noch eine weitere Stufe hinab, damit er dessen ganze Gestalt zum letzten Mal anschauen konnte. Irwan hob das Tuch hoch, und von Mulyadis Augen schwirrten die Fliegen auf, weil Irwan mit dem Gesicht herankam, um die Wange seines schon sechs Stunden toten Kameraden zu küssen. Er umarmte ihn nochmals unter Tränen, als wolle er Mulyadi nicht loslassen.

»Ich habe doch alles für dich getan, Mulyadi. Du weißt es, nicht wahr? Ich wollte dich nicht in diesen Fluß versenken, aber du hast es so gewollt, und ich befolge deinen Willen.« Irwan erhob sich wieder, nachdem er ein Weilchen seinen Freund umfaßt gehalten hatte. Er beobachtete, daß das Wasser des Flusses bereits stieg; drei Stufen fehlten noch bis zum Gesicht der Leiche. Irwan zog seinen Kameraden Stufe um Stufe hinab bis zur Wasseroberfläche. Er umarmte Mulyadi aus aller Kraft und weinte wiederum wie ein Junge. Dann legte er den Körper ins Wasser und schob ihn noch etwas zur Flußmitte, bevor er losließ. Mulyadi versank danach rasch; zurück blieben die Fliegen, die auf seinen Augen und den beiden großen Geschwüren gesessen hatten, und schwirrten noch lange über dem Wasser, bevor sie davonflogen, um sich eine andere Beute zu suchen.

Baharum sprang am anderen Ufer umher und klatschte zwei-, dreimal in die Hände, doch Sukon wies ihn sogleich zurecht. Baharum hielt inne und schaute nach Irwan, der noch auf der Treppenstufe saß und auf die Gischt und die Wellenkreise starrte, wo Mulyadi

untergegangen war. Danach stand Irwan ermattet auf, warf sich die leere Blechbüchse und den Beutel über, der seinem Kameraden gehörte, und ging erschöpft los, blickte noch mehrmals zum Wasser, bevor er mühsam an der Brücke die Stufen hochstieg, um zu der Grabstätte, seinem Schlupfwinkel zurückzukehren.

Die japanischen Soldaten vor der Schule zeigten sich höchst geschäftig, Gräben rund um das Schulgebäude als Unterstände auszuheben. Die an der Schule Vorübergehenden merkten leicht, daß der Krieg nicht beinahe beendet war, sondern eher noch länger dauern würde. Mak Buruk kehrte von einem Run auf Öl zurück und bemerkte mit wachsendem Mißtrauen zwei, drei neue Geschütze unter grünen Netzen, die man zusätzlich auf dem Schulgelände aufgestellt hatte. Das Dröhnen der Kanonen erschreckte sie beständig, die schon dauernd in Angst lebte, weil Basir und Choo Keng in jener Nacht nur wenige Ellen von ihrem Obdach entfernt erschossen dagelegen hatten.

Mak Buruk meinte, wenn der Krieg nicht in ein, zwei Wochen zu Ende gehe, würden die Überlebenschancen immer geringer, nicht allein wegen der unablässigen Bombenabwürfe, sondern auch, weil die Lebensmittel zu knapp wurden. An diesem Morgen standen die Leute an der Ausgabe für Palmöl in einer Reihe an und verloren mit einemmal den Verstand, stürmten auf den Türwächter los, so daß die Tür des Ladens zerbarst und alles, was darin war, durcheinandergeworfen und ver-

streut wurde. Mak Buruk selbst stand noch am Ende der Reihe und mußte wieder weggehen. Zwei Tage früher hatte sie schon kein Öl bekommen, und an diesem Tag, auf den sie ihre Hoffnungen gesetzt hatte, gab es auch keins.

Während sie über die grüne Brücke lief, wollte Mak Buruk weder nach links noch nach rechts blicken. Die Brücke galt ihr als ein Ort des Todes, und sie glaubte, daß dort noch viele Menschen geopfert werden würden. Wenn irgendetwas passieren sollte, so wollte sie die Brücke schon überquert haben, und sie beschleunigte ihre Schritte, bis sie Magenkrämpfe spürte. An diesem Tag gab es wirklich viel zu tun. Tuminah, noch verstört von der Nachricht von Basirs Tod, hatte es dennoch gewagt, hinzugehen und sich ihn anzusehen; und sie weinte nun unaufhörlich, obwohl Basir ja nicht ihr Mann war. Ihre heimliche Beziehung, insbesondere Basirs große Freundlichkeit, ihr etwas zu essen zu bringen (obwohl er dafür eine Gegenleistung verlangte), hatten in solch kritischer Zeit Basir von selbst zu ihrem Mann gemacht. Jetzt war Basir tot, Gesicht und Körper nicht wiederzuerkennen, weil die Kugeln des Maschinengewehrs dicht nebeneinander seinen ganzen Körper und Kopf durchbohrt hatten.

Schon am vergangenen Abend hatten sie Tuminah nahegelegt, alle diese traurigen Ereignisse zu vergessen, weil ja schon seit zwei, drei Monaten alle möglichen Arten von Gewalt im Dorf herrschten. »Wie kann ich das denn vergessen?« schluchzte Tuminah, während sie

sich über ihre schwellenden Lippen wischte. »Bis jetzt hat bloß er uns etwas zu essen gebracht!« Mak Buruk streichelte Tuminahs Schultern und ordnete deren langes Haar, dann setzte sie wieder an: »Aber was soll man denn machen, Tuminah. Sieh doch mich an! Denkst du, ich habe keinen Kummer, wo die Japaner meinen Mann weggefangen haben? Es quält mich auch, aber ich muß es unterdrücken. Und das kannst du auch.«

Eigentlich unterdrückte Mak Buruk ihren Kummer nicht. Allabendlich schluchzte sie heimlich, wenn sie Simah und Sakinah zusammengerollt schlafen sah. Und bei jedem Morgengrauen, wenn sie hinüberblickte und Jumaat nicht in seinem Bett sah, weinte sie wieder. Vielleicht lag es daran, daß die Liebe zu ihren Kindern, Tompang eingeschlossen, noch wuchs. Manchmal vergaß sie sich selbst und opferte sich Simah, Sakinah und Tompang vollständig auf.

Salimah ging ihr auch im Kopf herum. Denn sie war die Älteste von ihnen hier. Econ vermochte, obwohl erfahren, nicht viel Unterstützung zu geben, denn sie war tatsächlich ständig krank. Und auch deshalb fühlte sie sich für Salimah voll verantwortlich. Vor drei, vier Tagen hatte sie Salimah angewiesen, mittags oder auch nachts von dem Giebel herunterzukommen. »Wozu quälst du dich ab? Laß mich dafür sorgen, daß unten abwechselnd Wache gehalten wird. Und wenn Japaner kommen, gibt man Bescheid, und dann erst kletterst du in den Giebel«, schlug sie vor. Und alltäglich folgte Salimah auch ihrem Rat.

Es war obendrein schwierig, auf Salimahs Gefühle achtzugeben. Econ konnte ihr nicht ihre volle Aufmerksamkeit widmen, da sie an jenem Abend schwer erkrankte, als Salimah sich mit Katayama hatte treffen wollen. Daß daraus nichts wurde, bedeutete für Salimah einen unerwarteten Schmerz. Sie wußte nicht, wer Katayama umgebracht hatte, aber weil sie stets mit ihm zusammen gewesen war, mußten einige Kampungbewohner ihr raten, lieber in dem Giebel zu bleiben. Dort weinte sie unaufhörlich, obwohl ihr dieses Versteck ermöglicht hatte, bis jetzt zu überleben.

Mak Buruk bog ab, überschritt einen kleinen Straßengraben, bevor sie vorsichtig durch die Lücken zwischen den Stämmen und Balken auf ihr Haus zu ging. Eben dort fanden nachts immer Auseinandersetzungen oder Überfälle statt. Nur die eng mit dem Kampung verbundenen Leute blieben unbehelligt. Die dort vorbeikommenden Fremden wurden bedroht, weil der »Trupp 18«, der diesen Platz beherrschte, sich nicht scheute, die Vorübergehenden zu schlagen und zu berauben, obwohl sie dabei höchstens ein Trikot oder eine Hose erbeuteten. An dieser Stelle begleitete Mak Buruk auch immer ihre bezopfte Tochter, die Gebäck und Süßigkeiten zum Verkauf vor der New World trug. Obschon die Kumpane des »Trupps 18« Mak Buruk kannten, trieben sie doch immer ihre Possen mit Simah und belästigten sie. Jetzt herrschte da Ruhe. Die Japaner erschienen am Abend nach Katayamas Tod dort und stürmten den Platz. Drei Menschen fielen ihnen zum

untergegangen war. Danach stand Irwan ermattet auf, warf sich die leere Blechbüchse und den Beutel über, der seinem Kameraden gehörte, und ging erschöpft los, blickte noch mehrmals zum Wasser, bevor er mühsam an der Brücke die Stufen hochstieg, um zu der Grabstätte, seinem Schlupfwinkel zurückzukehren.

Die japanischen Soldaten vor der Schule zeigten sich höchst geschäftig, Gräben rund um das Schulgebäude als Unterstände auszuheben. Die an der Schule Vorübergehenden merkten leicht, daß der Krieg nicht beinahe beendet war, sondern eher noch länger dauern würde. Mak Buruk kehrte von einem Run auf Öl zurück und bemerkte mit wachsendem Mißtrauen zwei, drei neue Geschütze unter grünen Netzen, die man zusätzlich auf dem Schulgelände aufgestellt hatte. Das Dröhnen der Kanonen erschreckte sie beständig, die schon dauernd in Angst lebte, weil Basir und Choo Keng in jener Nacht nur wenige Ellen von ihrem Obdach entfernt erschossen dagelegen hatten.

Mak Buruk meinte, wenn der Krieg nicht in ein, zwei Wochen zu Ende gehe, würden die Überlebenschancen immer geringer, nicht allein wegen der unablässigen Bombenabwürfe, sondern auch, weil die Lebensmittel zu knapp wurden. An diesem Morgen standen die Leute an der Ausgabe für Palmöl in einer Reihe an und verloren mit einemmal den Verstand, stürmten auf den Türwächter los, so daß die Tür des Ladens zerbarst und alles, was darin war, durcheinandergeworfen und ver-

streut wurde. Mak Buruk selbst stand noch am Ende der Reihe und mußte wieder weggehen. Zwei Tage früher hatte sie schon kein Öl bekommen, und an diesem Tag, auf den sie ihre Hoffnungen gesetzt hatte, gab es auch keins.

Während sie über die grüne Brücke lief, wollte Mak Buruk weder nach links noch nach rechts blicken. Die Brücke galt ihr als ein Ort des Todes, und sie glaubte, daß dort noch viele Menschen geopfert werden würden. Wenn irgendetwas passieren sollte, so wollte sie die Brücke schon überquert haben, und sie beschleunigte ihre Schritte, bis sie Magenkrämpfe spürte. An diesem Tag gab es wirklich viel zu tun. Tuminah, noch verstört von der Nachricht von Basirs Tod, hatte es dennoch gewagt, hinzugehen und sich ihn anzusehen; und sie weinte nun unaufhörlich, obwohl Basir ja nicht ihr Mann war. Ihre heimliche Beziehung, insbesondere Basirs große Freundlichkeit, ihr etwas zu essen zu bringen (obwohl er dafür eine Gegenleistung verlangte), hatten in solch kritischer Zeit Basir von selbst zu ihrem Mann gemacht. Jetzt war Basir tot, Gesicht und Körper nicht wiederzuerkennen, weil die Kugeln des Maschinengewehrs dicht nebeneinander seinen ganzen Körper und Kopf durchbohrt hatten.

Schon am vergangenen Abend hatten sie Tuminah nahegelegt, alle diese traurigen Ereignisse zu vergessen, weil ja schon seit zwei, drei Monaten alle möglichen Arten von Gewalt im Dorf herrschten. »Wie kann ich das denn vergessen?« schluchzte Tuminah, während sie

untergegangen war. Danach stand Irwan ermattet auf, warf sich die leere Blechbüchse und den Beutel über, der seinem Kameraden gehörte, und ging erschöpft los, blickte noch mehrmals zum Wasser, bevor er mühsam an der Brücke die Stufen hochstieg, um zu der Grabstätte, seinem Schlupfwinkel zurückzukehren.

Die japanischen Soldaten vor der Schule zeigten sich höchst geschäftig, Gräben rund um das Schulgebäude als Unterstände auszuheben. Die an der Schule Vorübergehenden merkten leicht, daß der Krieg nicht beinahe beendet war, sondern eher noch länger dauern würde. Mak Buruk kehrte von einem Run auf Öl zurück und bemerkte mit wachsendem Mißtrauen zwei, drei neue Geschütze unter grünen Netzen, die man zusätzlich auf dem Schulgelände aufgestellt hatte. Das Dröhnen der Kanonen erschreckte sie beständig, die schon dauernd in Angst lebte, weil Basir und Choo Keng in jener Nacht nur wenige Ellen von ihrem Obdach entfernt erschossen dagelegen hatten.

Mak Buruk meinte, wenn der Krieg nicht in ein, zwei Wochen zu Ende gehe, würden die Überlebenschancen immer geringer, nicht allein wegen der unablässigen Bombenabwürfe, sondern auch, weil die Lebensmittel zu knapp wurden. An diesem Morgen standen die Leute an der Ausgabe für Palmöl in einer Reihe an und verloren mit einemmal den Verstand, stürmten auf den Türwächter los, so daß die Tür des Ladens zerbarst und alles, was darin war, durcheinandergeworfen und ver-

streut wurde. Mak Buruk selbst stand noch am Ende der Reihe und mußte wieder weggehen. Zwei Tage früher hatte sie schon kein Öl bekommen, und an diesem Tag, auf den sie ihre Hoffnungen gesetzt hatte, gab es auch keins.

Während sie über die grüne Brücke lief, wollte Mak Buruk weder nach links noch nach rechts blicken. Die Brücke galt ihr als ein Ort des Todes, und sie glaubte, daß dort noch viele Menschen geopfert werden würden. Wenn irgendetwas passieren sollte, so wollte sie die Brücke schon überquert haben, und sie beschleunigte ihre Schritte, bis sie Magenkrämpfe spürte. An diesem Tag gab es wirklich viel zu tun. Tuminah, noch verstört von der Nachricht von Basirs Tod, hatte es dennoch gewagt, hinzugehen und sich ihn anzusehen; und sie weinte nun unaufhörlich, obwohl Basir ja nicht ihr Mann war. Ihre heimliche Beziehung, insbesondere Basirs große Freundlichkeit, ihr etwas zu essen zu bringen (obwohl er dafür eine Gegenleistung verlangte), hatten in solch kritischer Zeit Basir von selbst zu ihrem Mann gemacht. Jetzt war Basir tot, Gesicht und Körper nicht wiederzuerkennen, weil die Kugeln des Maschinengewehrs dicht nebeneinander seinen ganzen Körper und Kopf durchbohrt hatten.

Schon am vergangenen Abend hatten sie Tuminah nahegelegt, alle diese traurigen Ereignisse zu vergessen, weil ja schon seit zwei, drei Monaten alle möglichen Arten von Gewalt im Dorf herrschten. »Wie kann ich das denn vergessen?« schluchzte Tuminah, während sie

untergegangen war. Danach stand Irwan ermattet auf, warf sich die leere Blechbüchse und den Beutel über, der seinem Kameraden gehörte, und ging erschöpft los, blickte noch mehrmals zum Wasser, bevor er mühsam an der Brücke die Stufen hochstieg, um zu der Grabstätte, seinem Schlupfwinkel zurückzukehren.

Die japanischen Soldaten vor der Schule zeigten sich höchst geschäftig, Gräben rund um das Schulgebäude als Unterstände auszuheben. Die an der Schule Vorübergehenden merkten leicht, daß der Krieg nicht beinahe beendet war, sondern eher noch länger dauern würde. Mak Buruk kehrte von einem Run auf Öl zurück und bemerkte mit wachsendem Mißtrauen zwei, drei neue Geschütze unter grünen Netzen, die man zusätzlich auf dem Schulgelände aufgestellt hatte. Das Dröhnen der Kanonen erschreckte sie beständig, die schon dauernd in Angst lebte, weil Basir und Choo Keng in jener Nacht nur wenige Ellen von ihrem Obdach entfernt erschossen dagelegen hatten.

Mak Buruk meinte, wenn der Krieg nicht in ein, zwei Wochen zu Ende gehe, würden die Überlebenschancen immer geringer, nicht allein wegen der unablässigen Bombenabwürfe, sondern auch, weil die Lebensmittel zu knapp wurden. An diesem Morgen standen die Leute an der Ausgabe für Palmöl in einer Reihe an und verloren mit einemmal den Verstand, stürmten auf den Türwächter los, so daß die Tür des Ladens zerbarst und alles, was darin war, durcheinandergeworfen und ver-

streut wurde. Mak Buruk selbst stand noch am Ende der Reihe und mußte wieder weggehen. Zwei Tage früher hatte sie schon kein Öl bekommen, und an diesem Tag, auf den sie ihre Hoffnungen gesetzt hatte, gab es auch keins.

Während sie über die grüne Brücke lief, wollte Mak Buruk weder nach links noch nach rechts blicken. Die Brücke galt ihr als ein Ort des Todes, und sie glaubte, daß dort noch viele Menschen geopfert werden würden. Wenn irgendetwas passieren sollte, so wollte sie die Brücke schon überquert haben, und sie beschleunigte ihre Schritte, bis sie Magenkrämpfe spürte. An diesem Tag gab es wirklich viel zu tun. Tuminah, noch verstört von der Nachricht von Basirs Tod, hatte es dennoch gewagt, hinzugehen und sich ihn anzusehen; und sie weinte nun unaufhörlich, obwohl Basir ja nicht ihr Mann war. Ihre heimliche Beziehung, insbesondere Basirs große Freundlichkeit, ihr etwas zu essen zu bringen (obwohl er dafür eine Gegenleistung verlangte), hatten in solch kritischer Zeit Basir von selbst zu ihrem Mann gemacht. Jetzt war Basir tot, Gesicht und Körper nicht wiederzuerkennen, weil die Kugeln des Maschinengewehrs dicht nebeneinander seinen ganzen Körper und Kopf durchbohrt hatten.

Schon am vergangenen Abend hatten sie Tuminah nahegelegt, alle diese traurigen Ereignisse zu vergessen, weil ja schon seit zwei, drei Monaten alle möglichen Arten von Gewalt im Dorf herrschten. »Wie kann ich das denn vergessen?« schluchzte Tuminah, während sie

untergegangen war. Danach stand Irwan ermattet auf, warf sich die leere Blechbüchse und den Beutel über, der seinem Kameraden gehörte, und ging erschöpft los, blickte noch mehrmals zum Wasser, bevor er mühsam an der Brücke die Stufen hochstieg, um zu der Grabstätte, seinem Schlupfwinkel zurückzukehren.

Die japanischen Soldaten vor der Schule zeigten sich höchst geschäftig, Gräben rund um das Schulgebäude als Unterstände auszuheben. Die an der Schule Vorübergehenden merkten leicht, daß der Krieg nicht beinahe beendet war, sondern eher noch länger dauern würde. Mak Buruk kehrte von einem Run auf Öl zurück und bemerkte mit wachsendem Mißtrauen zwei, drei neue Geschütze unter grünen Netzen, die man zusätzlich auf dem Schulgelände aufgestellt hatte. Das Dröhnen der Kanonen erschreckte sie beständig, die schon dauernd in Angst lebte, weil Basir und Choo Keng in jener Nacht nur wenige Ellen von ihrem Obdach entfernt erschossen dagelegen hatten.

Mak Buruk meinte, wenn der Krieg nicht in ein, zwei Wochen zu Ende gehe, würden die Überlebenschancen immer geringer, nicht allein wegen der unablässigen Bombenabwürfe, sondern auch, weil die Lebensmittel zu knapp wurden. An diesem Morgen standen die Leute an der Ausgabe für Palmöl in einer Reihe an und verloren mit einemmal den Verstand, stürmten auf den Türwächter los, so daß die Tür des Ladens zerbarst und alles, was darin war, durcheinandergeworfen und ver-

streut wurde. Mak Buruk selbst stand noch am Ende der Reihe und mußte wieder weggehen. Zwei Tage früher hatte sie schon kein Öl bekommen, und an diesem Tag, auf den sie ihre Hoffnungen gesetzt hatte, gab es auch keins.

Während sie über die grüne Brücke lief, wollte Mak Buruk weder nach links noch nach rechts blicken. Die Brücke galt ihr als ein Ort des Todes, und sie glaubte, daß dort noch viele Menschen geopfert werden würden. Wenn irgendetwas passieren sollte, so wollte sie die Brücke schon überquert haben, und sie beschleunigte ihre Schritte, bis sie Magenkrämpfe spürte. An diesem Tag gab es wirklich viel zu tun. Tuminah, noch verstört von der Nachricht von Basirs Tod, hatte es dennoch gewagt, hinzugehen und sich ihn anzusehen; und sie weinte nun unaufhörlich, obwohl Basir ja nicht ihr Mann war. Ihre heimliche Beziehung, insbesondere Basirs große Freundlichkeit, ihr etwas zu essen zu bringen (obwohl er dafür eine Gegenleistung verlangte), hatten in solch kritischer Zeit Basir von selbst zu ihrem Mann gemacht. Jetzt war Basir tot, Gesicht und Körper nicht wiederzuerkennen, weil die Kugeln des Maschinengewehrs dicht nebeneinander seinen ganzen Körper und Kopf durchbohrt hatten.

Schon am vergangenen Abend hatten sie Tuminah nahegelegt, alle diese traurigen Ereignisse zu vergessen, weil ja schon seit zwei, drei Monaten alle möglichen Arten von Gewalt im Dorf herrschten. »Wie kann ich das denn vergessen?« schluchzte Tuminah, während sie

sich über ihre schwellenden Lippen wischte. »Bis jetzt hat bloß er uns etwas zu essen gebracht!« Mak Buruk streichelte Tuminahs Schultern und ordnete deren langes Haar, dann setzte sie wieder an: »Aber was soll man denn machen, Tuminah. Sieh doch mich an! Denkst du, ich habe keinen Kummer, wo die Japaner meinen Mann weggefangen haben? Es quält mich auch, aber ich muß es unterdrücken. Und das kannst du auch.«

Eigentlich unterdrückte Mak Buruk ihren Kummer nicht. Allabendlich schluchzte sie heimlich, wenn sie Simah und Sakinah zusammengerollt schlafen sah. Und bei jedem Morgengrauen, wenn sie hinüberblickte und Jumaat nicht in seinem Bett sah, weinte sie wieder. Vielleicht lag es daran, daß die Liebe zu ihren Kindern, Tompang eingeschlossen, noch wuchs. Manchmal vergaß sie sich selbst und opferte sich Simah, Sakinah und Tompang vollständig auf.

Salimah ging ihr auch im Kopf herum. Denn sie war die Älteste von ihnen hier. Econ vermochte, obwohl erfahren, nicht viel Unterstützung zu geben, denn sie war tatsächlich ständig krank. Und auch deshalb fühlte sie sich für Salimah voll verantwortlich. Vor drei, vier Tagen hatte sie Salimah angewiesen, mittags oder auch nachts von dem Giebel herunterzukommen. »Wozu quälst du dich ab? Laß mich dafür sorgen, daß unten abwechselnd Wache gehalten wird. Und wenn Japaner kommen, gibt man Bescheid, und dann erst kletterst du in den Giebel«, schlug sie vor. Und alltäglich folgte Salimah auch ihrem Rat.

Es war obendrein schwierig, auf Salimahs Gefühle achtzugeben. Econ konnte ihr nicht ihre volle Aufmerksamkeit widmen, da sie an jenem Abend schwer erkrankte, als Salimah sich mit Katayama hatte treffen wollen. Daß daraus nichts wurde, bedeutete für Salimah einen unerwarteten Schmerz. Sie wußte nicht, wer Katayama umgebracht hatte, aber weil sie stets mit ihm zusammen gewesen war, mußten einige Kampungbewohner ihr raten, lieber in dem Giebel zu bleiben. Dort weinte sie unaufhörlich, obwohl ihr dieses Versteck ermöglicht hatte, bis jetzt zu überleben.

Mak Buruk bog ab, überschritt einen kleinen Straßengraben, bevor sie vorsichtig durch die Lücken zwischen den Stämmen und Balken auf ihr Haus zu ging. Eben dort fanden nachts immer Auseinandersetzungen oder Überfälle statt. Nur die eng mit dem Kampung verbundenen Leute blieben unbehelligt. Die dort vorbeikommenden Fremden wurden bedroht, weil der »Trupp 18«, der diesen Platz beherrschte, sich nicht scheute, die Vorübergehenden zu schlagen und zu berauben, obwohl sie dabei höchstens ein Trikot oder eine Hose erbeuteten. An dieser Stelle begleitete Mak Buruk auch immer ihre bezopfte Tochter, die Gebäck und Süßigkeiten zum Verkauf vor der New World trug. Obschon die Kumpane des »Trupps 18« Mak Buruk kannten, trieben sie doch immer ihre Possen mit Simah und belästigten sie. Jetzt herrschte da Ruhe. Die Japaner erschienen am Abend nach Katayamas Tod dort und stürmten den Platz. Drei Menschen fielen ihnen zum

sich über ihre schwellenden Lippen wischte. »Bis jetzt hat bloß er uns etwas zu essen gebracht!« Mak Buruk streichelte Tuminahs Schultern und ordnete deren langes Haar, dann setzte sie wieder an: »Aber was soll man denn machen, Tuminah. Sieh doch mich an! Denkst du, ich habe keinen Kummer, wo die Japaner meinen Mann weggefangen haben? Es quält mich auch, aber ich muß es unterdrücken. Und das kannst du auch.«

Eigentlich unterdrückte Mak Buruk ihren Kummer nicht. Allabendlich schluchzte sie heimlich, wenn sie Simah und Sakinah zusammengerollt schlafen sah. Und bei jedem Morgengrauen, wenn sie hinüberblickte und Jumaat nicht in seinem Bett sah, weinte sie wieder. Vielleicht lag es daran, daß die Liebe zu ihren Kindern, Tompang eingeschlossen, noch wuchs. Manchmal vergaß sie sich selbst und opferte sich Simah, Sakinah und Tompang vollständig auf.

Salimah ging ihr auch im Kopf herum. Denn sie war die Älteste von ihnen hier. Econ vermochte, obwohl erfahren, nicht viel Unterstützung zu geben, denn sie war tatsächlich ständig krank. Und auch deshalb fühlte sie sich für Salimah voll verantwortlich. Vor drei, vier Tagen hatte sie Salimah angewiesen, mittags oder auch nachts von dem Giebel herunterzukommen. »Wozu quälst du dich ab? Laß mich dafür sorgen, daß unten abwechselnd Wache gehalten wird. Und wenn Japaner kommen, gibt man Bescheid, und dann erst kletterst du in den Giebel«, schlug sie vor. Und alltäglich folgte Salimah auch ihrem Rat.

Es war obendrein schwierig, auf Salimahs Gefühle achtzugeben. Econ konnte ihr nicht ihre volle Aufmerksamkeit widmen, da sie an jenem Abend schwer erkrankte, als Salimah sich mit Katayama hatte treffen wollen. Daß daraus nichts wurde, bedeutete für Salimah einen unerwarteten Schmerz. Sie wußte nicht, wer Katayama umgebracht hatte, aber weil sie stets mit ihm zusammen gewesen war, mußten einige Kampungbewohner ihr raten, lieber in dem Giebel zu bleiben. Dort weinte sie unaufhörlich, obwohl ihr dieses Versteck ermöglicht hatte, bis jetzt zu überleben.

Mak Buruk bog ab, überschritt einen kleinen Straßengraben, bevor sie vorsichtig durch die Lücken zwischen den Stämmen und Balken auf ihr Haus zu ging. Eben dort fanden nachts immer Auseinandersetzungen oder Überfälle statt. Nur die eng mit dem Kampung verbundenen Leute blieben unbehelligt. Die dort vorbeikommenden Fremden wurden bedroht, weil der »Trupp 18«, der diesen Platz beherrschte, sich nicht scheute, die Vorübergehenden zu schlagen und zu berauben, obwohl sie dabei höchstens ein Trikot oder eine Hose erbeuteten. An dieser Stelle begleitete Mak Buruk auch immer ihre bezopfte Tochter, die Gebäck und Süßigkeiten zum Verkauf vor der New World trug. Obschon die Kumpane des »Trupps 18« Mak Buruk kannten, trieben sie doch immer ihre Possen mit Simah und belästigten sie. Jetzt herrschte da Ruhe. Die Japaner erschienen am Abend nach Katayamas Tod dort und stürmten den Platz. Drei Menschen fielen ihnen zum

sich über ihre schwellenden Lippen wischte. »Bis jetzt hat bloß er uns etwas zu essen gebracht!« Mak Buruk streichelte Tuminahs Schultern und ordnete deren langes Haar, dann setzte sie wieder an: »Aber was soll man denn machen, Tuminah. Sieh doch mich an! Denkst du, ich habe keinen Kummer, wo die Japaner meinen Mann weggefangen haben? Es quält mich auch, aber ich muß es unterdrücken. Und das kannst du auch.«

Eigentlich unterdrückte Mak Buruk ihren Kummer nicht. Allabendlich schluchzte sie heimlich, wenn sie Simah und Sakinah zusammengerollt schlafen sah. Und bei jedem Morgengrauen, wenn sie hinüberblickte und Jumaat nicht in seinem Bett sah, weinte sie wieder. Vielleicht lag es daran, daß die Liebe zu ihren Kindern, Tompang eingeschlossen, noch wuchs. Manchmal vergaß sie sich selbst und opferte sich Simah, Sakinah und Tompang vollständig auf.

Salimah ging ihr auch im Kopf herum. Denn sie war die Älteste von ihnen hier. Econ vermochte, obwohl erfahren, nicht viel Unterstützung zu geben, denn sie war tatsächlich ständig krank. Und auch deshalb fühlte sie sich für Salimah voll verantwortlich. Vor drei, vier Tagen hatte sie Salimah angewiesen, mittags oder auch nachts von dem Giebel herunterzukommen. »Wozu quälst du dich ab? Laß mich dafür sorgen, daß unten abwechselnd Wache gehalten wird. Und wenn Japaner kommen, gibt man Bescheid, und dann erst kletterst du in den Giebel«, schlug sie vor. Und alltäglich folgte Salimah auch ihrem Rat.

Es war obendrein schwierig, auf Salimahs Gefühle achtzugeben. Econ konnte ihr nicht ihre volle Aufmerksamkeit widmen, da sie an jenem Abend schwer erkrankte, als Salimah sich mit Katayama hatte treffen wollen. Daß daraus nichts wurde, bedeutete für Salimah einen unerwarteten Schmerz. Sie wußte nicht, wer Katayama umgebracht hatte, aber weil sie stets mit ihm zusammen gewesen war, mußten einige Kampungbewohner ihr raten, lieber in dem Giebel zu bleiben. Dort weinte sie unaufhörlich, obwohl ihr dieses Versteck ermöglicht hatte, bis jetzt zu überleben.

Mak Buruk bog ab, überschritt einen kleinen Straßengraben, bevor sie vorsichtig durch die Lücken zwischen den Stämmen und Balken auf ihr Haus zu ging. Eben dort fanden nachts immer Auseinandersetzungen oder Überfälle statt. Nur die eng mit dem Kampung verbundenen Leute blieben unbehelligt. Die dort vorbeikommenden Fremden wurden bedroht, weil der »Trupp 18«, der diesen Platz beherrschte, sich nicht scheute, die Vorübergehenden zu schlagen und zu berauben, obwohl sie dabei höchstens ein Trikot oder eine Hose erbeuteten. An dieser Stelle begleitete Mak Buruk auch immer ihre bezopfte Tochter, die Gebäck und Süßigkeiten zum Verkauf vor der New World trug. Obschon die Kumpane des »Trupps 18« Mak Buruk kannten, trieben sie doch immer ihre Possen mit Simah und belästigten sie. Jetzt herrschte da Ruhe. Die Japaner erschienen am Abend nach Katayamas Tod dort und stürmten den Platz. Drei Menschen fielen ihnen zum

sich über ihre schwellenden Lippen wischte. »Bis jetzt hat bloß er uns etwas zu essen gebracht!« Mak Buruk streichelte Tuminahs Schultern und ordnete deren langes Haar, dann setzte sie wieder an: »Aber was soll man denn machen, Tuminah. Sieh doch mich an! Denkst du, ich habe keinen Kummer, wo die Japaner meinen Mann weggefangen haben? Es quält mich auch, aber ich muß es unterdrücken. Und das kannst du auch.«

Eigentlich unterdrückte Mak Buruk ihren Kummer nicht. Allabendlich schluchzte sie heimlich, wenn sie Simah und Sakinah zusammengerollt schlafen sah. Und bei jedem Morgengrauen, wenn sie hinüberblickte und Jumaat nicht in seinem Bett sah, weinte sie wieder. Vielleicht lag es daran, daß die Liebe zu ihren Kindern, Tompang eingeschlossen, noch wuchs. Manchmal vergaß sie sich selbst und opferte sich Simah, Sakinah und Tompang vollständig auf.

Salimah ging ihr auch im Kopf herum. Denn sie war die Älteste von ihnen hier. Econ vermochte, obwohl erfahren, nicht viel Unterstützung zu geben, denn sie war tatsächlich ständig krank. Und auch deshalb fühlte sie sich für Salimah voll verantwortlich. Vor drei, vier Tagen hatte sie Salimah angewiesen, mittags oder auch nachts von dem Giebel herunterzukommen. »Wozu quälst du dich ab? Laß mich dafür sorgen, daß unten abwechselnd Wache gehalten wird. Und wenn Japaner kommen, gibt man Bescheid, und dann erst kletterst du in den Giebel«, schlug sie vor. Und alltäglich folgte Salimah auch ihrem Rat.

Es war obendrein schwierig, auf Salimahs Gefühle achtzugeben. Econ konnte ihr nicht ihre volle Aufmerksamkeit widmen, da sie an jenem Abend schwer erkrankte, als Salimah sich mit Katayama hatte treffen wollen. Daß daraus nichts wurde, bedeutete für Salimah einen unerwarteten Schmerz. Sie wußte nicht, wer Katayama umgebracht hatte, aber weil sie stets mit ihm zusammen gewesen war, mußten einige Kampungbewohner ihr raten, lieber in dem Giebel zu bleiben. Dort weinte sie unaufhörlich, obwohl ihr dieses Versteck ermöglicht hatte, bis jetzt zu überleben.

Mak Buruk bog ab, überschritt einen kleinen Straßengraben, bevor sie vorsichtig durch die Lücken zwischen den Stämmen und Balken auf ihr Haus zu ging. Eben dort fanden nachts immer Auseinandersetzungen oder Überfälle statt. Nur die eng mit dem Kampung verbundenen Leute blieben unbehelligt. Die dort vorbeikommenden Fremden wurden bedroht, weil der »Trupp 18«, der diesen Platz beherrschte, sich nicht scheute, die Vorübergehenden zu schlagen und zu berauben, obwohl sie dabei höchstens ein Trikot oder eine Hose erbeuteten. An dieser Stelle begleitete Mak Buruk auch immer ihre bezopfte Tochter, die Gebäck und Süßigkeiten zum Verkauf vor der New World trug. Obschon die Kumpane des »Trupps 18« Mak Buruk kannten, trieben sie doch immer ihre Possen mit Simah und belästigten sie. Jetzt herrschte da Ruhe. Die Japaner erschienen am Abend nach Katayamas Tod dort und stürmten den Platz. Drei Menschen fielen ihnen zum